國家圖書館出版品預行編目資料

不乖——比標準答案更重要的事 /侯文詠 著.
-- 初版. -- 臺北市：皇冠, 2010[民99]
面；公分. --（皇冠叢書；第3996種）
（侯文詠作品；15）
ISBN 978-957-33-2684-7（平裝）

855　　99011411

皇冠叢書第3996種
侯文詠作品 15

不乖
比標準答案更重要的事

作　　者—侯文詠
發 行 人—平雲
出版發行—皇冠文化出版有限公司
台北市敦化北路120巷50號
電話◎02-2716-8888
郵撥帳號◎15261516號
皇冠出版社(香港)有限公司
香港上環文咸東街50號寶恒商業中心
23樓2301-3室
電話◎2529-1778　傳真◎2527-0904
出版統籌—盧春旭
責任編輯—金文蕙
美術設計—王瓊瑤
行銷企劃—李嘉琪
印　　務—林佳燕
校　　對—黃素芬・熊啟萍・金文蕙
封面攝影—謝文創　梳　　化—宋美芳
著作完成日期—2009年5月
初版一刷日期—2010年7月
初版五刷日期—2010年8月
法律顧問—王惠光律師

• 皇冠讀樂網：www.crown.com.tw
• 皇冠Facebook：www.facebook.com/crownbook
• 皇冠Plurk：www.plurk.com/crownbook
• 小王子的編輯夢：crownbook.pixnet.net/blog
• 【侯文詠】官方網站：www.crown.com.tw/book/wenyong
讀者服務傳真專線◎02-27150507
電腦編號◎010014
ISBN◎978-957-33-2684-7
Printed in Taiwan
本書定價◎新台幣250元/港幣83元

天作不合

**侯文詠再次挑戰幽默生活喜劇，
讓你笑進心坎裡！**

活在某種激情、喧囂的氣氛裡久了，琳瑯滿目的八卦、奇幻、驚悚、鬼怪、情色，總讓我覺得有些失落，似乎是我們不自覺地被推著，離開我們每天經歷的生活，愈來愈遙遠了……嗯，後來，那變成一種強烈的呼喊，召喚著我的故事回到『我們活著』的那些簡單的，好笑的，有滋味的日常生活裡。

靈魂擁抱

**一部探討名氣、慾望、迷戀，
既驚悚又深情的故事！**

四個孤獨的靈魂在塵世中追逐、奔逃，他們或是被伴隨名氣而來的恐懼所禁錮，或是沉溺在迷戀的泥淖中不可自拔……其實，我們每個人又何嘗不是在追求著名利、情愛等種種慾望，卻因此陷入落寞與荒蕪，到最後連一個真誠的擁抱都做不到了？

沒有神的所在

**不需讀文言文，輕鬆看侯文詠
再現《金瓶梅》的高潮迭起！**

侯文詠用淺白幽默的文字，將《金瓶梅》的精采情節用一個個角色串連起來，並剖析人物的複雜心態、故事的藝術價值，以及風月背後真正的意涵，帶領讀者輕鬆踏進這個「沒有神的所在」，重新發掘《金瓶梅》更多層次、更多面向的閱讀興味，從而也看盡了人性的百樣百態。

不乖

侯文詠

比標準答案更重要的事。

二十年後，你會懊悔更多的是那些現在沒做，
而不是真的做了的事。
所以，拋開繩結，駛離安全的港灣。
掌握好你的風向，
勇敢地探險，夢想，發現吧。

——馬克・吐溫

〈序〉如果我一直很乖……

小時候上作文課時，老師要我們讀故事寫心得。故事的內容是對日抗戰期間，女童軍送國旗給死守上海四行倉庫的守軍的故事。

照說，這個關於榮譽、愛國、奮不顧身的故事，心得一點也不難寫。不過那時我故意唱反調，寫了一篇「吐槽」的心得。文章詳細的文字我已經記不太清楚了，大意基本上是：

一、如果不能打勝仗，送國旗也沒用。如果能打勝仗，國旗過幾天再掛也沒關係。

二、如果打敗仗還掛國旗，老百姓會誤以為打勝仗，錯過了逃亡的黃金時機。

還有，

三、國土失掉了，還可以收復，但女童軍命沒了，就無可挽回了。因此還是命比較重要……

我還寫了不少理由，總之，結論就是大唱反調。

可以想像，在那個國家、民族情操重於一切的年代，我被老師約談了。

老師問我：「老師平時對你好不好？」

我說：「好。」

「如果你覺得好的話，聽老師的話，別人怎麼寫，你就怎麼寫。」老師停了一下，又說：「大家會怎麼寫，你知道吧？」

我點點頭。「為什麼？」

「你相信老師，這是為你好，你聽話以後才有前途。」

「噢。」

我相信了老師，從此我的文章分成了兩個截然不同的世界。

一種是公開的、「聽話」的文章，像是：作文課的作文、比賽的作文、考試的作文、貼在壁報上的作文。另一種是偷偷摸摸的、「不聽話」的文章，像是：傳小紙條的文章、寫情書的文章、投稿的文章……一直到了我長大之後，我母親還很喜歡數落我小時候多麼頑皮、多麼不乖的事蹟。當然，四行倉庫的心得事件，也是其中的一件。

對我來說，那些其實只是聽從自己內心的話，或者誠實地說出、做出自己想做的更有趣事情而已。當時我一點也沒想過，那就是所謂的「不乖」。

依照那樣的定義，我這一輩子其實還做了不少「不乖」的事。像是，第一次投稿時沒有郵資，偷爸爸的郵票。像是，為了讓稿子內容更精采，編出許多學校根本沒有發生過的事。為了看電影，偷偷翻牆爬進電影院，被老闆拎著耳朵拉出來……

或者，像是，約會時沒有徵得雅麗小姐的允許，就偷偷地吻她。或在實驗室做研究時，明明大家都覺得異想天開、根本不可行的方法，我硬是要試。或明明大家覺得是沒有機會被接受的期刊，我硬是要投稿。或辭去了醫師的工作，成為一個專職作家，成為一個編劇、廣播主持人、電視連續劇製作人……

回想起來，是這些「不乖」、「不聽話」的作為或決定，一點一滴造就出了今天我的人生非常決定性的部分。

有時候我不免要想，如果我那時候放棄了「不聽話」的文章，只寫「聽話」的文章，或者因為沒有零用錢買郵票，因此放棄投稿，或者先徵詢雅麗小姐同意，才敢吻她……少了這些「不乖」，我的人生會變成什麼呢？

我真的不知道。

我相信，就像我的老師講的一樣，所有要我乖的人幾乎都是很善意地為我好。我也相信，聽話的人的確會有前途。那時候我並不明白，不聽話的人，長大一樣會有前途的——差別只是，聽話的有聽話的前途，不聽話的有不聽話的前途。

回想起來，如果可以的話，我很想讓那個年輕、不乖又有點徬徨的自己，或者像我當年一樣的年輕人知道：

別擔心，只要相信你自己，繼續努力、用力讓自己長大成心中想望的樣子，一切都會很好的。

那時，如果能聽到類似的話，從愛我或為我好的人口中說出來，或許我會少些猶豫，多點堅定與專注吧。

於是，我開始了這本書的書寫。

目錄

不乖

沒有輕狂少年的經驗，就不可能造就出一個深思熟慮的成人。
就像許多植物都必須受到溫度或照光的刺激之後才能開花一樣。
叛逆、不乖也是生命之中開花、結果必須的「生長激素」啊。

根據辭海的解釋，所謂「乖」指的是：孩子懂得道理而不淘氣。換句話，「乖」指的是順服。

也許有人要問：這樣的乖有什麼不好？

在我看來「懂得道理，不淘氣」沒什麼不好，問題出在這個孩子懂的「道理」到底對不對，有沒有道理。

考自己的文章得不到一百分？

先來講個故事吧。

我有篇文章被收錄進國文教科書裡去了。那年我的孩子正好是第一屆讀到這篇文章的九年級學生。他們班上的同學就對他說：

「你回去問你爸爸，這課到底要考什麼？」

於是兒子跑回來問我。

我不聽還好，一聽了差點沒昏倒。我生平最痛恨考試了，沒想到自己的文章變成了別人考試的題目。我還清楚地記得自己自大學聯考（現在叫指

考）之後，第一件事就是把論語、孟子這些中國文化基本教材拿去燒掉。

（望著熊熊一陣火，心裡還一陣快意暢然……）

我抓了抓頭，尷尬地說：「我真的不知道學校老師會考什麼耶……」

「可是，」兒子著急地說：「你是作者啊。」

「問題是我當初寫這篇文章的目的，並不是為了讓人拿來當考試題目的啊。」

結果我當然想不出什麼題目來。

後來學校真的以那課的課文為範圍考了　次試。

兒子考完試之後，我突發奇想，請他把考卷拿回來讓我也考一考。

本來不考還好，一考之下我發現我不會寫的題目還真多。我寫完了試卷，兒子對照答案，竟只得到八十七分。兒子用著沉痛的表情告訴我：

「爸，你這個成績拿到我們班上大概只能排第十三、四名。」

我聽到是有點愣住了。考十三、四名當然成績雖不是很糟，但這起碼表示：我們的制度更認同那十二個比我分數更高的同學。

那十二個考得比我好的同學當然很值得驕傲。但我擔心的不是他們。而是我們這樣的教育制度最後會把我們帶到哪裡去？

這實在很可怕。如果所有的人都很「乖」，大家也全循規蹈矩地變成了拿高分的考試高手，將來誰來當作者寫文章給人讀呢？

本來，學習國文的目的是為了要培養學生欣賞作品的能力，並且在欣賞的過程中學習到用中文表達的能力。然而，在這樣的制度下，學生的思考全被文法、辭性這些技術性的問題給占據了，以至於考試能力固然很強，但卻加深了他們對中文的疏離。這樣的疏離，不但剝奪了學生從閱讀得到感動、思索人生的機會，甚至剝奪了他們書寫表達的興趣，搞得他們連寫出通順流暢的文章都大有問題。這麼一來，就算國文考得了高分，又有什麼意義呢？

雖然這只是我們可以舉出來的千千萬萬個例子之一，但這樣的例子也正是「太乖」了的最大的風險之所在。這樣的風險在於：

一旦主流思考錯了，我們就再也萬劫不復了。

東方文化向來重視傳承，不聽話的孩子叫「不肖」（意思是，孩子和父母親不一樣），孩子聽父母親的話叫盡孝，臣子聽君王的話叫盡忠，於是我們有了忠臣出於孝子之門的傳統，有了黃帝、堯、舜、禹、湯、文、武、周公……這一脈不能違背的前輩。在這樣的文明裡，一個後代最了不起的德行就是做到把先人的想法「發揚光大」。

問題是，這就是一切了嗎？

先人就不出錯嗎？如果從黃帝開始就是錯的，我們怎麼辨呢？就算黃帝是對的好了，一直經過堯、舜、禹、湯，假設就在湯的時代發生了巨大的改變，誰又敢保證黃帝時代的看法，到了湯的時代，一定合適呢？

一旦如此，誰有能力讓那些錯的改成對的？

「乖」的文明固然能夠擁有穩定性，卻缺乏對變動的適應能力。這樣無法「自我改變」的文明當然是危險的。

長期觀察雁鵝的諾貝爾獎得主勞倫茲曾有個很有趣的觀察：

他發現由於母雁鵝喜歡色彩豔麗、翅膀肥厚的「肌肉男」型公雁鵝，

同種競爭的結果，一代一代的公雁鵝變得色彩越豔麗，翅膀也越肥厚。不幸的是，鮮豔的色彩使得雁鵝更容易暴露，肥厚的翅膀更減緩飛翔的速度。這一切「同種競爭」的優勢正好是「自然競爭」的劣勢。於是，一代一代下來，雁鵝在大自然中，瀕臨了滅亡壓力。

就某個程度而言，這些「肌肉男」型的公雁鵝，像是順應社會主流的「乖」孩子，也得到了一定的回報。但雁鵝自己很難理解到，牠們同種競爭優勢，反而更加速了牠們被淘汰的速度。

這樣的觀察給我們的啟示是：**順服主流，並且取得領先不是重點，重點是這個主流的標準，是不是大自然生存競爭的標準。**

因此，希臘大哲學家亞里斯多德才會說：「吾愛吾師，但吾更愛真理。」

用東方的標準來說，一個亞里斯多德這樣愛「真理」更勝過愛「老師」的學生當然不乖。

但真理為什麼比老師重要？

答案再清楚不過了，如果愛老師是「倫理」法則的話，愛真理卻是更高層次「生存」法則。對一個群體來說，當然沒有比「生存」更加迫切的法則了。

也許有人要問：「倫理法則難道不重要嗎？」或者：「尊師重道難道不是好事嗎？」

倫理法則固然重要。但是沒有人規定「倫理」法則一定要跟「真理」法則牴觸啊。就以我過去從事的醫學研究來說好了，大部分的研究人員窮盡一生努力，就是為了找出證據，推翻前人或長輩的說法。這樣的推翻被稱為「創新」。科學的倫理就是以創新為核心基礎。

在這樣的科學倫理之下，有了這種「青出於藍、更甚於藍」的學生，通常老師是很有面子的。創新的學生不但不會被社會稱為「不肖」、「忤逆」，他的研究、論文，很多時候也成了老師的研究最佳的砥礪。我在醫學界的研究如果推翻了我老師的看法，他不但不會生氣或把我逐出師門，反而會因為「名師出高徒」而感到沾沾自喜。不但如此，這樣的文化也激勵了老師再接再厲，有了必須推翻學生研究的壓力，這種師徒競爭的熱鬧場面與佳話在西方的科學界是屢見不鮮的。

在這樣以「真理」為最高標準的氛圍裡，形成了一種視「不乖」為理所當然的科學倫理。**不像「乖」文明像不可逾越的一攤死水，「不乖」文明擁有能隨著時間「改變」的變革能力。**在這樣的制度裡，儘管子不必肖父，徒不必肖師，但創新卻可以隨著時代需求不斷繁衍、累積。

乖或不乖的結果與過程

或許有人認為，「不乖」固然創新，可是失敗的機會很高。就算老師說的不一定對，但相對之下，至少錯的機會少些吧。假設老師只對百分之七十，那麼乖也還是比不乖成功的機率大一點吧？

在我看來，這不是對或錯的機率高的問題。

我再說個故事。

從前我家小朋友從家裡到小學走路不遠，雖然路程只有一、二十分鐘

左右，但為了安全考量，從小學一年級開始，我們還是讓他每天坐校車上下學。就這樣一直到了三年級的某一天，校車司機生病請假了。我們心想反正從學校到家裡只有四、五條街的距離，就讓他自己走路回家算了。

這本來應是一件很簡單的事，沒想到一趟原本應該是一、二十分鐘的「旅程」，小朋友整整走了兩個小時才回到家。急得我們到處找他，只差沒報警了。

媽媽當然很生氣，覺得小朋友怎麼老是做出讓父母親擔心的事情，少不了一頓耳提面命。不過我關心的倒是這趟旅程他到底怎麼走，走了兩個小時？

吃過晚飯之後，我決定帶著小朋友重新溫習一遍他的回家之路。我們父子就這樣拿著地圖，在學校附近又繞了一、兩個小時，重新對照、印證每個可能的選擇，小朋友終於把從家裡到學校的路完全弄明白了。

我們從校門口出發，用小孩邏輯重新走過一次，我才發現這一趟旅程非同小可。儘管同樣的路程小朋友已經坐校車走過無數次了，但只要小朋友

沒自己親自走過，對他而言就是陌生的路。到過別的城市自助旅行的人一定明白我的意思。要徹底認識一個城市，一定得自己拿著地圖，邊開車或邊走路，實際對照印證才行。如果只是搭乘遊覽車或別人的車，等到下次我們自己旅行時，到了同樣城市，其實還是搞不清楚東南西北的。

在這樣的情況下，每到一個十字路口，小朋友面臨了三個選擇。以五個街口的回家路途而言，就有三的五次方的選擇——換句話說，在完全陌生的情況下，他猜中並且幸運回到家裡的機率只有二四三分之一。光是這樣都已經很困難了，更何況，一旦在任何街口做錯選擇，之後他將面臨的是更多、更複雜的選擇——可見回家是一趟多麼艱鉅的旅程啊。

走完了這一趟多出來的意外之旅，我驀然發現，原來兩年多以來都能快速、準時到達學校的兒子，其實是沒有自己上學能力的。

兒子坐校車的經驗這讓我想起了所有國文、英文、數學……考高分的學生，就像我家小朋友每天能準時到校一樣——這些都不是真正的能力。有一天，當這些考高分的學生必須面對真實世界時，再高的分數、名校，能幫

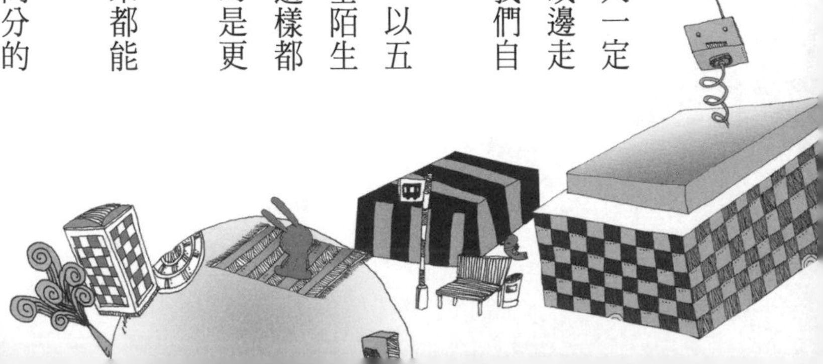

得上的忙恐怕是很有限的。

所以我說「乖」與「不乖」的差別不是「對的機率」大小的問題，而是對知識學習與掌握的層次的問題。如果「乖」像坐校車上學那麼容易、方便，那麼「不乖」應該就是自己用腳的探索與嘗試。一個每天坐著校車上學的「乖」孩子，他被剝奪的其實是「不乖」的機會——這個不乖，也正是對事物真正認識，必須經歷的探索與嘗試錯誤的過程。

有些人也許要問：如果可以不用經歷那些無可預測的「不乖」過程，乖乖地長人，不是很好嗎？

真的很好嗎？

人生真的可以這麼樣「乖乖」地到老死而沒有疑問？

同樣坐著校車上學，到底是有過「不乖」經驗，還是沒有「不乖」經驗的孩子更叫人放心呢？

答案其實是很清楚明白的。

和玩樂器很像，很多時候，人生中的完美演出也是必須通過許多錯誤與練習才能達到的。大部分小孩準備考試時，師長們會要求小孩做模擬考題或測驗練習題，覺得非這樣不能考得高分。可是回到「真實人生」這個場域——不管是談戀愛、交朋友、選填志願，大部分小孩卻連一點練習、嘗試錯誤的機會都沒有。

這樣，在面對人生試鍊時，如何能考取高分呢？

我們的人生太害怕「錯誤」了，覺得在嘗試錯誤的過程要付出太多無法預期的時間與代價。可是如果嘗試錯誤是學習過程必要的一部分呢？我們是不是得預留下一些「錯誤嘗試」與「不乖」的空間與機會給自己呢？

有些父母親不免要擔心地問：是不是等孩子長大一點，心智成熟一點，能夠自行判斷時，再給他們這個空間。

這樣的思考最大的謬誤在於：

首先，**如果沒有這些空間，他們很可能心智上永遠都不會長大**。

再來，更重要的，**如果真的一定得有犯錯的經驗，當然是越年輕代價**

越小啊。

我年輕時曾經為人借貸當保證人，損失了幾百萬元。這些錢占了我當時的資產一半，覺得痛苦不堪，可是現在想想其實也算還好。幸好是年輕時就有這個經驗，並且學得教訓，從此人生就算打過疫苗了。否則到了這個年紀再遇到這種事，也損失現在一半以上的資產，那才是真正的慘不忍睹啊。

對很多捨不得小孩嘗試錯誤的父母親其實是要換個角度來看事情的，如果嘗試錯誤對孩子的成長是必須的，那麼孩子能在你看得見的時候嘗試，其實是件好事。不管後果如何，做父母的多少還可以陪伴孩子度過困境，或是給予一些必要的援助。否則等他離開父母時才碰到，就算有心可能都幫不上忙了。

以前常聽人說：「人不輕狂枉少年。」過去總覺得這話聽來有點輕狂。可是現在想想，這話實在是人生的至理名言。老實說，沒有輕狂少年的經驗，就不可能造就出一個深思熟慮的成人。就像許多植物都必須受到溫度或照光的刺激之後才能開花一樣。叛逆、不乖也是生命之中開花、結果必須

的「生長激素」啊。

人不輕狂不但枉費少年，更進一步，我還要說：人不「叛逆」枉少年。人無「不乖」枉少年啊。

做一個太乖的人當然不好。

可不可以不寫功課

我這樣說，一定有人不以為然。反駁我：

「你說『不乖』才好，但殺人、搶劫、打架也是不乖啊。難道這樣也可以嗎？」

殺人、搶劫、打架當然是不對的事。但把「不乖」等同於「不對」，這樣的說法是有問題的。我認為，所謂的「不乖」，指的應該是一種反對「不加思考就聽話、順從」的態度。一個乖的人，待在腐敗、犯罪、落伍的群體中，反而最容易被同化，做出貪污、違法、無效率的壞事。因此，重點不是「聽不聽話」，而是事情有沒有經過自己的思考與價值判斷。如果經過

自己的思考與價值判斷之後，是「好」的、「對」的事，當然要義無反顧去做。反之，就要有勇氣戒除、拒絕。

我再說另一個故事。

我們家小朋友在很小的時候曾經不寫功課，聯絡簿一拿回家裡，常常滿篇都被老師寫滿了紅字。為了這個，兒子常常和媽媽有意見衝突。後來兩個人鬧得雞飛狗跳，媽媽只好請我這個爸爸出面處理。

很多家長處理這種事的基本邏輯就是以「完成功課」為前提，在這個前提之下，展開威脅利誘——不用說，這樣的威脅利誘當然是以「乖」為前提的。

不過我個人的看法正好相反。在我看來，我的小孩好不容易對他的世界開始發出問題，開始有了不乖的「叛逆」思考，這樣的機會我當然不可輕易錯過。

我把決定換個角度，順著小孩的思路，從「不乖」為前提來思考問題。

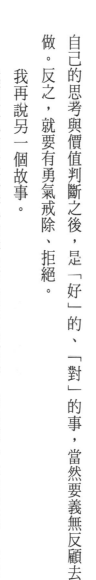

如果要不乖的話，我們開始討論：怎麼樣才可以不寫功課呢？

小孩一開始聽到我的議題當然是一臉狐疑的表情，不過很快他就感受到，我是認真的。沒多久，我們就想出了不少辦法（雖然兒子覺得不太可行），這些辦法包括了：

一、我把印章交給他，讓他自己在聯絡簿上蓋章。

（小孩問：「可是功課沒寫，老師如果打電話來問我會怎麼說？」我說：「我當然實話實說，說章是你自己蓋的。我可不能幫你說謊。」這個提議立刻就胎死腹中了。）

二、或者，我打電話請老師允許他不要寫功課。

（小孩問：「全班只有我一個人不寫功課，同學會怎麼看？」我說：「別的同學要怎麼看你，我實在無能為力。再不然，我打電話給所有的家長，請他們叮嚀他們的小孩，去學校不可以嘲笑你。」當然，這個提議也出局了。）

三、最後，我們又想出了一個辦法：根據「沒有盲腸就沒有盲腸炎」

的外科法則，如果不上學也就沒有功課了。（我表示可以向教育局提出在家自主學習的申請，這樣他不用去學校上學，也就沒有功課，更沒有蓋章或者是同學看法的問題了。）

小朋友聽了，似乎覺得這個方案有可行之處，不過為了慎重起見，他希望我讓他考慮三天。

我欣然同意。

在這三天的時間之內，他到處打電話諮詢親友團的意見。親友們大部分當然都不贊成只為了不寫功課不去學校上學。由於他這麼到處打電話，同一時間，我也接到不少關切的電話（包括我親愛的老媽），承受不少壓力，但我決定保持沉默。

就這樣過了三天。

三天後，在晚餐桌上，他鄭重向我們宣佈，經過慎重考慮的結果，他決定——

還是要去學校上學！

「為什麼是這樣的決定呢?」媽媽問。

「我想,學校有很多的同學,不但如此,學校還可以培養我們德、智、體、群各方面……」這——可——有——趣——了,聽起來完全像是校長在升旗台上精神講話的口氣。

「所以?」

「所以,我想我還是去上學好了。」

「那不想寫功課怎麼辦?」我問。

「其實功課沒有那麼麻煩啦。」

「搞了半天,」我抱怨:「什麼都沒有不一樣嘛。」

「雖然外表看起來差不多,」他指著腦袋瓜說,「可是這裡不一樣。」

「有什麼不一樣?我看不出來啊。」

「你當然看不出來,」他說:「可是真的不一樣。因為,我想過了。」

這個故事我在《我的天才夢》裡面說過了，不過，故事還有後續發展。此例一開，大兒子嘗到甜頭，進一步想全面檢討其他那些「沒有經過他同意」的課外活動。於是我們只好把他的時間表拿出來，從學英文、游泳、鋼琴，一樣一樣重新確認。

「我對鋼琴課沒興趣了。」他說。

「為什麼？」我問。

「因為太無聊了。」

「無聊？」

「嗯。」他覺得鋼琴是女生彈的。

事實上，這件事他已經向媽媽抱怨過好幾次，媽媽雖然威脅利誘，成效顯然不彰。我想了一下，立刻拿起電話，打給住在樓上的老師，告訴她大兒子暫時不上鋼琴課了。

鋼琴老師是那種充滿愛心與耐心的老師。她一聽到大兒子想放棄鋼琴，立刻憂心忡忡地勸我要多鼓勵孩子、要孩子再堅持下去云云，可是我不

為所動。在我的堅持之下，老師無可奈何，最後只好勉強同意我的決定。

放下電話之後，大兒子的表情有點愣住了——沒想到這個夢寐的希望這麼容易就達到了。看得出來他很高興，但還故意裝出一臉「哀衿勿喜」的表情。

這時門鈴忽然響了，大兒子跑去開門，原來是在樓上上鋼琴課的小兒子課程結束回來了。

我很清楚地聽見他用高八度的聲音，亢奮地對弟弟叫嚷著：「欸，我不用彈鋼琴了，欸，欸，欸……我從此不用彈鋼琴了。」

我走到門口對小兒子說：「哥哥說他不想學鋼琴，我已經答應他了，」這事得一視同仁才行，「你呢？你還想學嗎？」

「想啊。」弟弟正津津有味地吃著老師獎勵他的棒棒糖，「棒棒糖好好吃，而且老師還有好幾種不同的口味我都沒吃過。」

「你確定要繼續上下去？」

他點點頭。

從此我們家開始變成「一國兩制」——弟弟繼續學鋼琴，哥哥則快樂地享受他爭取來的自由。每當弟弟練琴時，哥哥總會有意無意地就跑到鋼琴旁炫耀。

「好舒服噢，我又Ｋ完了一本《哈利波特》。」再不然就是：「你知道嗎？電視上正在轉播ＮＢＡ球賽，到現在Michael Jordan已經一個人獨得五十二分了。」……

弟弟不屑地看了哥哥一眼，繼續練習他的鋼琴。

就這樣經過了三個月。

有一天，弟弟上完鋼琴課從樓上下來，在門外猛按門鈴。哥哥去打開門。

「什麼事啦，」哥哥看了弟弟一眼，「這麼興奮？」

「你看，這是什麼？」弟弟高舉著翻開的聯絡簿，指著上面的紅字，一個字一個字興奮地唸著：「弟弟加油，這樣繼續努力下去，程度就要超越哥哥了噢。」

哥哥的臉色從紅色又變了青色。他轉過身來，嘴裡喃喃唸著不知什麼，邊唸邊自顧往房間走。眼看事有變化，我立刻也跟隨進房間。

「怎麼了？」我問哥哥。

「彈那種垃圾車的音樂，沒什麼了不起啦。」

「你不要這樣嘛，」我說：「你不學鋼琴，弟弟繼續學，他會超過你，這是必然的事啊。這很自然，不是嗎？」

他不說話。

「一分耕耘一分收穫。不學鋼琴當然就會被弟弟超過，這很公平啊！」

「我又沒有說不學，我只是說很無聊，你就……」

賴到我頭上來了？我沉默了一下，靈機一動，問他：「怎麼，你現在又想學了？如果真想學的話，我可以再和老師說啊。」

「可是，過去弟弟都只上半個小時，我上一個小時太無聊了。」

討價還價？「那我告訴老師，你也從每次半個小時開始好了。」

「老師會不會不高興？」

「哎啊，你想繼續學，老師高興都來不及了，怎麼會不高興呢？」

就這樣，老大又回去上鋼琴課，每次半個小時。

和我們不用再擔心小孩寫功課的事情一樣，這次回去上鋼琴課的熱忱完全不同。我開始在他的聯絡簿上看見了老師稱讚的話語。

「你這次好像進步很多噢？」我問大兒子。

「你知道鋼琴要進步的秘訣是什麼嗎？」他抓了抓頭，神秘地對我說：「就是要停一段時間不彈。」

「是噢。」我半信半疑地看著他。

這次再重新學琴，老大的確進步得很快，沒多久，他跑來跟我商量說：

「我現在發現我的功力大增，才開始熱身呢，半個小時竟然一下子就過去了。如果你不反對的話，我每次上課時間可以改成四十五分鐘好了。」

於是上課從三十分鐘改為四十五分鐘。就這樣上了兩個多禮拜，兒子

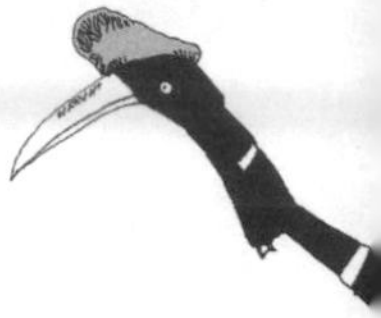

又有意見了。

「這次又怎麼了？」我問。

「老師上課都是三十分鐘，再不然是一個小時，這樣上四十五鐘，學費好難算噢。」

「學費很難算？」我不太懂。

「給三十鐘的學費太少，給一個小時又太多，這樣好了，」他說：「我犧牲一下，我上一個小時好了。」

原來是想上一個小時，拐彎抹角的。我說：

「折騰了三、四個月，現在事情又回到了原點，還是同樣的老師，不但同樣每個禮拜上課，而且還是每次上一個小時，你一定要告訴我，事情到底有什麼不一樣？」

當然不一樣。為什麼呢？他告訴我的答案，仍然還是那句老話：

「因為我想過了。」

小孩的鋼琴就這樣自動地繼續彈了下去。十多年過去了，大兒子的鋼琴雖談不上什麼專業水準，但直到現在，鋼琴成了他喜歡的技能，以及煩悶時的陪伴。

這個故事就是這樣了。

對我來說，我之所以願意對「不乖」這麼寬容，最大的理由正是：經由這個「不乖」的過程，小孩得到了一種「他和功課」或者「他和鋼琴」之間更深度的思考——這個思考，就像一直坐校車的小孩必須自己走路才能真正弄懂上學的路一樣，**孩子也唯有自己思考過，才可能對自己人生的選擇有更深刻的認知。**

因此，當大兒子說：「我想過了」時，他試圖表達的，正是這個從「無知」到「知」的過程。

回到　開始的問題，殺人、搶劫、打架，這樣也可以嗎？我的回答是：這些是不對，而不是不乖。之所以會有這些不對的行為，主要的原因是過去在面對許多人生抉擇時，沒有嘗試、思考，甚至更深刻認知的機會，以至於在沒有任何經驗參考值的前題下就「誤入歧途」，走上了錯誤的道路。

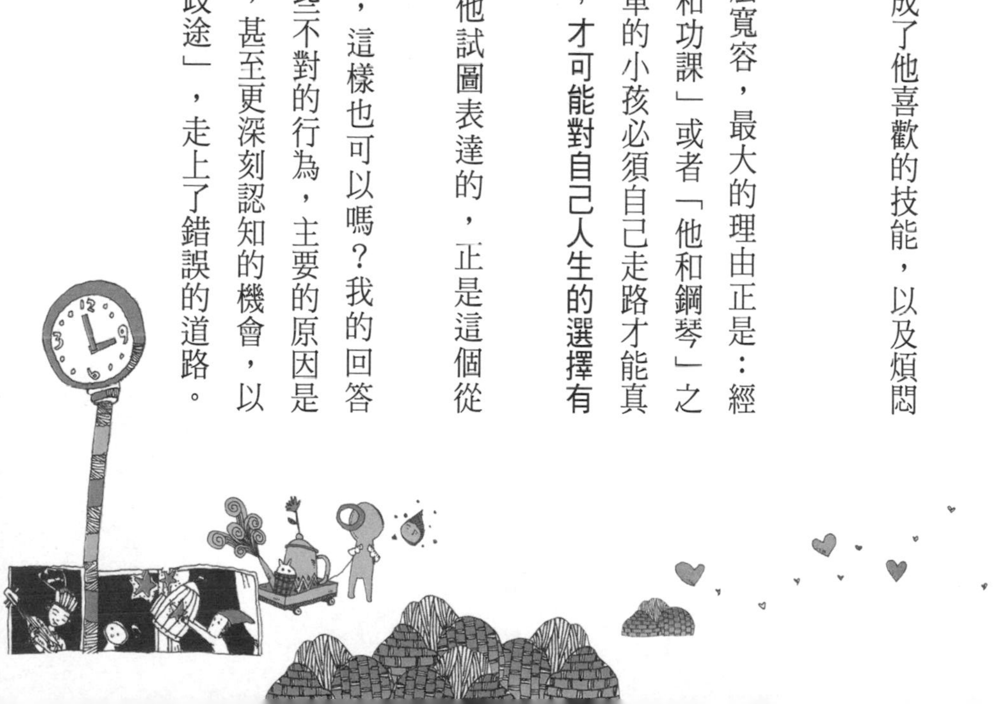

因此，對我來說，這個從不乖到認知的過程是遠比寫不寫功課、學不學鋼琴這些學習本身更重要許多的。

也許有讀者要問：萬一小孩真的不寫功課了，可以嗎？真的不學鋼琴了也沒有關係嗎？甚至再問得多一點，讀書讀得不好、考試考零分也沒有關係嗎？

我的答案很簡單：沒有關係。

為什麼呢？因為我相信人性的本質，沒有人是願意讓自己零分的。如果把零分當成一種像是「發燒」、「疼痛」的症狀來看的話，不去理解這個症狀產生的原因，一味地給退燒藥、止痛藥，後果是很危險的。更何況，父母親開出的處方再好，如果小孩不願意服用，其實也是枉然。

對於大部分的父母而言，最難也正在這裡。面對小孩的「不乖」或「叛逆」行為，父母親最容易掉入的窠臼就是：嘮叨、情感威脅，再不然就是發脾氣、處罰小孩……無可厚非的，這些都是人類在面臨焦慮時，很難避

免的情感反應。但歷史經驗一再告訴我們：這樣的動作不但於事無補，甚至還會加速父母親和孩子之間感情的疏離。

因此，一個為小孩著想的父母親，第一件能為小孩做的事情就是：**克制自己的焦慮，不要把這樣的情緒反射性地發洩在孩子身上。**

必須先有了這一步，我們才有可能（或者說資格）更深入地理解小孩，給予支持，甚至在必要的時候幫得上忙。

因此，當我說不學鋼琴沒關係，考零分沒關係時，我的意思是現在不寫功課不代表以後永遠不寫功課。現在零分不代表一輩子都零分。不彈鋼琴了，可以利用這個時間學別的啊。因此，把小孩的「不乖」當成一個機會，讓他可以從內在到外在，把自己和這整件事的關係好好想想，反而是更健康的想法。

俗話說得好：「千金難買早『知道』。」千金買不來，父母親、師長的嘮叨換不來的「知道」，卻是得經過孩子們從「不乖」的實踐中去換來的。父母在這個過程之中一定要學會把路讓出來，這樣孩子才有自己去摸索的機

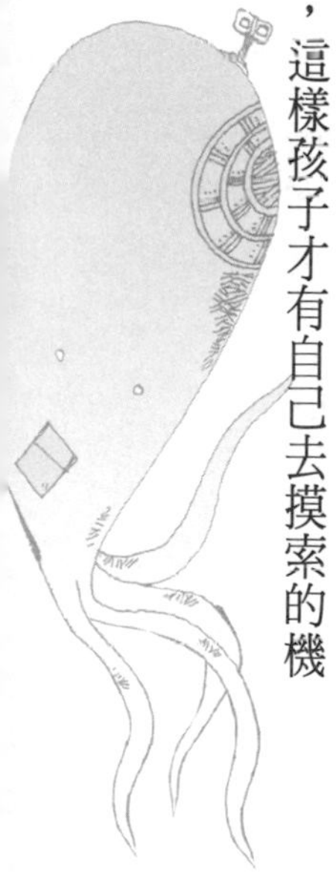

會。畢竟孩子自己摸索來的「知道」，才是能讓父母真正放心的保證啊。

想過才會長大

太乖當然不好。但談來談去，談到最後，聽不聽話或者是不是和前人意見一致已經不是重點了，重點是：要「想過了」才好。

這個「想過了」，也就是哲學家笛卡兒說的：「我思故我在。」因為我「懷疑」、「思考」，所以我才存在。如果我不懷疑、不思考，別人說的我全「乖乖」地接受，那麼我的存在無關緊要，某個程度而言，也就等於不存在了。

正因為我們開始「思考」、「懷疑」既有的價值，所以看起來「不乖」，不經由這樣的「不乖」，我們就無法擁有真正面對現實的智慧。至於思考、懷疑完之後，變得更「乖」了，或者更「不乖」了，其實不再是那麼重要了。因為不管結果如何，我們都還得繼續「思考」、「懷疑」，繼續「不乖」下去。如此我們才能夠不斷地把面對外來的挑戰、刺激所得到的知識轉變成自己內在的智慧，並且繼續進步，讓自己變得視野更開闊，胸襟更寬廣。

也因為這樣的進步、開闊，我們才真正在變動中，擁有了一種令人放心的「創造力」以及適應環境的能力。

說到底，「不乖」不只一時，它恐怕還是一輩子的千秋大業呢。

認真是拚不過迷戀的

人生更像是「化學變化」，一個人變成了什麼，
其實是很多看得見與看不見的因素，因緣際會變化出來的啊。
而在這樣的「化學變化」裡，喜歡與熱情，正是促成這個「變化」，最重要的催化劑啊。

從天分來看

我小時候聽過的一句話，這句話是這樣的：

「認真是拚不過迷戀（mi lua，閩南語）的。」

意思是說，做一件事能否成功，「喜歡」和「熱情」是遠比「認真」、「努力」更重要許多的。

這句話很多人聽來覺得理所當然。可是我們的主流邏輯卻認為我們應該「認真」、「努力」追求熱門的、有用的行業、工作，而不是自己最「喜歡」或最有「熱情」的。好比說，現在最高分的學系，像是：醫學系、法律系、電機系……那麼，因為它是熱門的、有前途的，不管大家喜不喜歡，或有沒有天分，都應該「認真」、「努力」讀書，想辦法考上那些科系。

支持這些論點的人不但會以過來人、老成的語氣告誡年輕人：「理想」是不能當飯吃的啦，而且還會有很多格言佐證這些論點，好比說什麼「吃得苦中苦，方為人上人」、「書中自有黃金屋，書中自有顏如玉」、

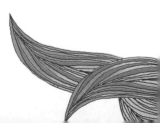

「三更燈火五更雞」、「合理的是訓練，不合理的是磨練」、「把吃苦當吃補」、「勤能補拙」……

這些論點固然有道理，但它最大的問題是假設人與人的條件與天分都是一樣的。然而事實卻是：人與人天分是完全不同的。

舉例來說：

假如有同樣兩個運動員，一位是和麥可喬登（Michael Jordan，NBA籃球明星）同樣身高一百九十八公分，體力、彈性、反應力種種條件都一樣的球員，另一位是和馬拉多納（Diego Maradona，阿根廷足球明星）同樣身高一百六十五公分，一切的條件也都一樣。

如果有兩項運動——就說是籃球和足球好了，沒有其他特殊理由，他們對兩種不同球類的興趣也差不多的話，依照各別條件，我們會鼓勵一百九十八公分那位去參加籃球隊，一百六十五公分那位去參加足球隊。但我們現在教育的主流邏輯並不是這樣的。它的思維是：哪樣運動熱門，看起來比較容易功成名就，不管一百九十八公分、或一百六十五公分的運動員，統統讓他們去參加那樣的運動。

就說統統參加籃球隊好了，一百九十八公分那位由於先天的條件，表現當然很容易就比一百六十五公分那位有比較好的表現，也比較容易獲得成就感，因此進入一種「熱情」、「喜歡」的正向循環。另外一位一百六十五公分的球員由於先天的條件限制，他的努力結果，表現當然不如一百九十八公分那位球員。但教練卻告訴他：

「你不夠努力，你不夠用功，你不夠認真。」

這個球員更認真、更努力的結果，雖然有進步，但得到的往往是更大的挫折。搞得這個本來可以在足球場上成為像馬拉多納那樣一個了不起的足球明星的運動員，卻在籃球場上失意、挫折、自我懷疑……

你說，這樣的教練很不合理啊。可是，我們偏偏就身處在這樣的不合理的環境裡，覺得好像非這樣不行。

雖然這只是一個假設的例子，但真實的案例比比皆是。

我有一個朋友，因為數理不好，在台灣只能唸到錄取分數不高的專科

學校，被家長認為是不會唸書的小孩。後來父母親把他送到美國社區大學去唸書，到了美國之後，他發現美國的教育制度分數考試並不是唯一的評估。他充分發揮了自己過去台灣受教育時被認為「不務正業」的搞社團的本事，組織同學、分配工作、討論議題……他特殊的組織、分析能力以及領袖魅力到了不同的環境很快就突顯出來。他在大三時轉到史丹佛大學，繼續完成了大學以及碩士、博士學位。畢業時，許多一流的國際大公司都提供職位，希望他去任職。最後他選擇了教書的工作，目前在英國的一所一流大學擔任教授。

一個在台灣被視為不會唸書的小孩，為什麼能夠變成了英國一流大學的教授？

重點不在這個小孩聰明不聰明、認真不認真、努力不努力，重點是他如何、以及在什麼樣的評估標準之下，發展出他自己的生命。

因此，我說的「認真是拚不過迷戀的」，道理一點也不新鮮。回到人也是一樣的。那些生命中做起來特別容易做好、容易有成就感，並且讓我們

迷戀的能力和特質就是每一個人的天賦。年輕的時候，再也沒有比這個更重要的使命了：**我們每個人都必須給自己的天賦一個機會。然後想辦法發展那個能力，讓它成為我們將來生涯、生命發展的方向。**

這樣的事情，本來是教練該幫忙我們的。可是很多時候，我們人生的許多教練並不這麼想。

如果教練不教，那麼我們就得自己來。

從前途來看

也許你會問，過去的人說認真很重要，可是我卻說喜歡、迷戀的熱情更重要。難道過去的人都說錯了嗎？

我說，不是過去的人說錯了，而是，時代不一樣了。

過去的人之所以會這麼說，當然有過去的條件和背景。但大家要知道，我們現在經歷的，是一個過去人類從沒經歷過的時代。

就以過去三十年來說，全世界的人口從三十億增加到六十億，在未來

的三、四十年內，還可能增加到九十億。三十年前，大部分的人從來沒有聽過電腦、網際網路、手機，但現在這些卻改變了人類的生活型態，成為我們日常生活中最基本的必需品。人類流動更頻繁、資訊傳遞的速度更快……這一切都使得人類的世界出現了完全不同的樣貌。

在我出生的那個年代，全台灣有十五家股票上市公司，到了現在，上市、上櫃公司已經不計其數了。這樣比喻好了，過去如果只有十五種比賽，那麼不管你喜不喜歡、有沒有熱情，你所能參加的，就只是在這十五樣比賽中選擇一樣。在這樣的情況下，每個人別無選擇地都只能在這十五樣比賽裡找到你能參加的項目，這時，「認真」當然比「迷戀」還要重要。

換句話，如果活在那樣的時代裡，從「前途」的角度來看，我當然也同意：「認真比迷戀重要」。

但今天假設比賽的項目有成千上萬種，並且還在不斷冒出許多我們過去想都沒想過的項目，情況可能就完全不同了。

我小時候很愛說話，常常被大人說：「小孩子有耳無嘴。」（意思就是要我們多聽少說。）

為什麼那樣要求小孩呢？因為當時大部分的公司是傳統的，對工作的要求也是由上而下的。因此，一個年輕人進到一個公司，最被要求的素質是「聽不聽話」、「乖不乖」，而不是「表達意見」，或「創意」。因此，那樣的要求，也就潛移默化變成了教養小孩的「標準」。

我長大以後，變成了一個作家，不但常有演講的機會，甚至還主持廣播、上電視接受訪問。我記得很清楚，有一次回家鄉演講，請我的父母親到場聆聽。那次演講結束，我領了一筆酬勞，請他們吃晚飯。吃飯時，父親不解地問我：

「你就那樣講話，他們就給你錢？」

我點點頭，表示本來就是這樣的啊。

看得出來，我覺得理所當然的事，在我父親看來，是不太能理解的。說話這件事，過去無論如何是不可能當成職業的。可是現在從電視節目主持人、評論家、演說家……把說話當成工作的人豈只萬千。甚至許多不是以說

話為職業的人，像是政治家、企業家、設計師、行銷人員、作家……說話也變成了他們工作裡最重要的一項技能。

過去不重要，現在變成重要了。過去不務正業的事，現在變成了「正業」最需要的技能，**這不是事情的本質有了什麼樣的改變，而是時代的需求改變了啊！**

這個改變，在過去是很難想像的。

我們身處的這個時代的工作或者競爭力，並不是以工作內容定義的。換句話說，不是學中文的人變成了作家、學投資的人變成了投資專家、學電視的人變成了電視節目製作者；而是反過來，有創意的人可以是作家、廣告設計師、導演、服裝設計師……同樣的，文字工作者可以是編劇、小說家，也可以是文案撰寫者、記者。農夫可以利用土地蓋上農舍，經營他自己的民宿，也可以在網頁上販賣他的水果。一個學者可以教書、可以從政、也可以從事大眾傳播……從某個角度來說，這是一個「人的能力」定義工作的時代。同樣的工作，到了不同人的手裡，由於他的熱情、能力、人脈不同，呈

現出來的面貌也完全是不一樣的。

所以我說，就算從「前途」的角度來說，迷戀還是比認真重要。因為**熱情才會化為能力，而能力才是決定競爭力真正的指標。**因此，我這樣主張不是標新立異，而是事實如此啊！

我在辭去臨床醫師的工作、成為一個專職作家幾年之後，我的父母親看我還算順利、生活也很開心，才總算慢慢接受了這件事。我記得我母親曾經感嘆地對我說：

「小時候一直希望你變成醫師，不曉得你將來會當作家。要當作家的話，讀『閒書』就是你的正事。早知道是這樣，那時候不但不應該限制你讀『閒書』，反而還應該鼓勵你才對！」

我聽了笑了起來。我明白母親那樣說其實是充滿了「好意」。在她的想像中，如果能讓我更「認真」多唸一點閒書，或許我會變成更有成就的作家也說不定。可是我母親沒有想到的是，支持我成為作家這件事最大的力

量，與其說來自「認真」，還不如說是來自「熱情」和「迷戀」。

如果她從小就打算把我教育成一個「作家」，並且要我「認真」地讀「世界文學名著」、認真地上「作文班」、認真地交「作文」作業、參加「作文檢定」……的話，我的迷戀、熱情，會不會被澆熄？我還會不會變成一個作家呢？我其實是沒有把握的。

這也是為什麼我說「認真」是拚不過「迷戀」的，最主要的理由。

有熱情不會累不要報酬

反過來，也許有人會問：這麼說，難道「認真」不重要嗎？

認真當然很重要。但問題是，「熱情」與「喜歡」更重要。我這樣說有兩個理由，第一個理由是：

「熱情」、「喜歡」之後一定會跟隨著「認真」，但「認真」之後不一定會有「熱情」相隨。

我有一個親戚，聽了朋友的介紹，在小孩讀國小時，讓他去參加一個

「科學數理」的課後補習。我親戚的目的，本來是希望能夠讓小孩多學到一點科學數理的知識，以便將來能進入國中的數理資優班。不過，他讓孩子參加不到一個月就有點後悔了。原因是這個「科學數理」班的主持人是個「國語」都講不太好的老先生。老先生不但幾乎全程以閩南語上課（小孩聽得似懂非懂），而且上課也不教公式、演算、推理，整天帶著小孩做著像是火山爆發、飛機起飛、蘇打粉做菜之類的「遊戲」。這些「不正經」的遊戲當然不可能會讓小孩數理成績有太大的進步，不過因為充滿玩耍的樂趣，因此很受小孩的歡迎。

我的親戚本來有些後悔，一心一意想把小孩轉到另一個上課內容扎實，給講義，要求進度、嚴格考核成績的補習班去。不過他拗不過小孩的苦苦哀求以及種種抗爭，最後只好讓步。勉強讓小孩在原來的老先生那裡繼續上課。

我還清楚地記得當時他無奈地告訴我：「就當成小孩的課後娛樂吧。」

於是，小孩就這樣在老先生那裡「玩」了三年。不過這三年卻很神奇地發生了幾件想像不到的事。

首先，小孩學會了說閩南話。這當然拜老先生之賜，讓小孩覺得學閩南話是很有趣的一件事。

再來，這個經驗培養了小孩對實驗的高度興趣。親戚的小孩從國中到高中，為了進數理資優班，數學、理化一直保持著很好的成績，原因無他，只因為數理資優班有較多的實驗課。

不但如此，受到老先生影響，小孩也立志攻讀數理組，一心一意想考進好的大學。這一切，都只因為他在小學時，被老先生那種遊戲式的教學法開啟了對實驗的好奇與興趣。

這一切，對親戚來說，完全是始料未及的。

很多人總喜歡把人生的變化當成「物理變化」。但很多時候事情一點也不像我們想像的那麼簡單——用力逼自己、逼小孩認真唸書就會得到好成績。在我看來，人生更像是「化學變化」，一個人變成了什麼，其實是很多

看得見與看不見的因素，因緣際會變化出來的啊。而在這樣的「化學變化」裡，喜歡與熱情，正是促成這個「變化」，最重要的催化劑啊。

這正是我為什麼說「迷戀」比「認真」重要的第一個理由。

我覺得「迷戀」比「認真」更重要的是第二個理由是：

「認真」需要報酬的誘因，但「迷戀」卻不需要。

成就任何一件事難免都會面臨到某個瓶頸，你不知道、也看不到出口，這時除了悶著頭繼續堅持下去之外，別無他法。碰見那樣狀況，「認真」的人因為看不到「成功」的誘因，態度很容易動搖，但「迷戀」的人卻只因為單純喜歡，因此可以輕鬆地繼續做下去，因此有股不可動搖的堅定。這也是認真為什麼拚不過迷戀的最弔詭之處。

創辦「雲門舞集」的林懷民老師，曾因演出票房入不敷出，於一九八八年宣佈解散「雲門舞集」。但後來經過觀眾、熱心人士的呼籲，以及林老師的堅持，雲門於一九九一年又復出演出。

我的印象很深刻，九〇年代初期我在廣播訪問林老師，他告訴我，每

年計畫做出來，就算把所有的票都賣光，也還要虧損三千萬元。

我問：「不夠的錢怎麼辦？」

「就去募款啊。」

（我和林老師一起出席過一些捐款餐會，林老師的身段之柔軟，叫我由衷敬佩。）

我問林老師：「每年一開門就要負債三千萬元的人，為什麼每天還能看起來那麼高興？」

他告訴我：「因為，我覺得台灣應該有一個這麼好的舞團，台灣值得擁有一個這麼好的舞團，台灣也一定能夠擁有一個這麼好的舞團。」

說實在，我真的被他無可救藥的樂觀，以及堅定的信念完全撼動、並且打敗了。

事實證明在往後的這一、二十年間，雲門不斷突破，不斷地在藝術上開拓新的可能，帶著我們的舞者走出台灣，讓全世界都看到了他們精湛的演出，也讓「雲門舞集」成了全世界對台灣最美好、最深刻的印象之一。

如果只是用一般商業的模式，來計較它的投資報酬率，雲門是不應該復出的。換句話，如果不是林懷民老師那樣的熱情與堅持，是不可能有這些燦爛結果的。

但是想想，少了雲門，我們的人生、整個台灣又會錯過多少美麗和動人的時刻啊！

事實上，這樣的熱情，放回到各行各業，道理是一樣的。我曾經見識過很多各行各業的高手。他們有一個共同的特色——幾乎很少人覺得自己是「認真」的。但算起來，他們花在工作上的時間其實是比一般人還要多很多的。但為什麼花那麼多時間工作的人不覺得自己「很認真」呢，原因無他，「喜歡」與「熱情」罷了。

很少聽過有人覺得談戀愛約會到晚上十二點才回家是一件好「累」的事。為什麼呢？因為談戀愛是一件喜歡、有熱情的「爽」事啊。孫中山先生在革命時到處奔走，從來也沒喊過累啊。就是因為不覺得累，也不怕沒有錢、犧牲性命，他的革命事業才能幹得如此轟轟烈烈啊！

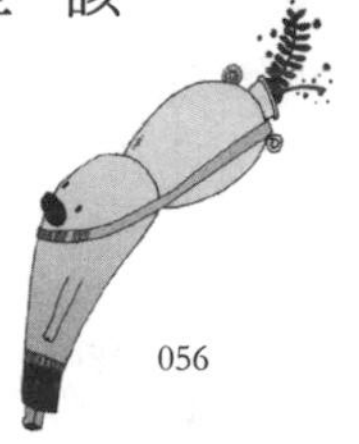

一個是可以奮鬥到連命都可以不要的「迷戀」，另一個是只能用力到累之前停下來的「認真」，兩造對決的結果，「認真」當然是拚不過「迷戀」的。

戒除壞耽溺也要靠好迷戀

但話又說回來，難免有人要問：「認真」固然不如「迷戀」，但至少比沉迷在電動玩具、酒、色情這些熱情裡好啊。一味鼓勵「迷戀」，難道不怕這樣的副作用嗎？

這當然是一個很好的問題。

就以「電動玩具」來說好了，沉迷電動玩具固然浪費時間、傷害健康，但像是飛行員在電腦上的模擬飛行、或者是3D立體動畫、設計的呈現，也都是電動玩具的形式之一。同樣的，整天喝酒固然不好，但如果是訓練有素的品酒師，整天和「酒」為伍，也是一件很風雅的工作……

反之，大家公認應該認真的正經事——就說賺錢好了，如果人生的一切

只是著眼賺錢，把所有時間都「認真」地放在賺錢上，用錢來衡量一切的人生，這樣的人生，偏差恐怕更嚴重吧？一個一輩子在生產線上忙著生產「手機」，卻沒有時間和家人打通電話的人，對社會、對公司乍看之下似乎很有貢獻，可是從另一個角度來看，這樣理直氣壯的「認真」，剝奪了和家人、朋友相處的時間、關懷的機會，如此，也算是好嗎？

因此，在我看來，不管「迷戀」或「認真」，都只是推動人生前進的一種「動力」。動力本身是沒有好壞之分的。重點只是我們懂不懂得駕馭這樣的力量，還有，我們打算讓這樣的力量帶我們到哪裡去而已。

因此，對於這樣的問題，我覺得該思考的重點是：

「迷戀」是帶我們靠近了自己對未來的想望呢，還是遠離了？

任何人，我相信只要願意稍微抽離出來，冷靜地想個幾秒鐘——一點都不難分辨「迷戀」給自己的人生帶來的影響是好還是壞。在我看來，迷戀就像動能十足的跑車一樣，與其因為害怕那樣的動能會帶來負面的影響——好比說發生車禍，而不去碰它，還不如學會如何開車、掌握這股力量，讓它

載著我們愉悅地兜風，看遍人生無數美好景色。

當然，很多時候，當我們遭遇了讓自己人生墮落、耽溺的迷戀時，想要跳脫，並沒有想像中容易。就像曾經有個朋友說的：

「你說的我都知道，可是說起來容易做起來難啊，我就是無法戒掉我的『耽溺』，怎麼辦？」

在我看來，耽溺之所以不容易戒掉，難的不是耽溺本身。重點反而是，戒除耽溺，然後呢？

假如戒除耽溺後，人生不再有喜歡、或想做的事的話，那麼「耽溺」當然很難去除。但反過來，如果戒除耽溺，是為了做讓自己快樂或更在乎的事的話，戒除耽溺當然一點都不是問題。

我曾聽過名主持人張小燕小姐說過她遭受喪夫之痛期間的故事。她告訴我，有段時間她哀傷到根本無心裝扮，邋邋遢遢地就到公司上班。這樣的情況持續了一段時間，後來她公司有個同事看不下去了，告訴她：

「小燕啊，一個人心壞了很難修補，這我明白。可是妳是演藝人員，外表壞了，總可以修補修補吧？」

這句話讓小燕姐驚覺到，一直耽溺在悲傷是不健康的。

於是她決定改變自己，重新梳妝打扮，並且接下了新的廣播節目，開始主持。

那時候我問她：「小燕姐，妳還這麼悲傷，就算暫時不做節目大家也都能諒解，可是妳為什麼那麼快就回去做節目了呢？」

小燕姐說：「我想到我先生一定也不希望我一直陷在悲傷裡。因此，我得去做件我喜歡的事，把自己從那個痛苦的耽溺裡拉出來。」

喪失親人之痛當然是很不容易走出來的，但小燕姐去做件「她喜歡」的事，而這種正向的熱情，正是把自己從負向的耽溺裡拉出來，最有力、可靠的力量。

就像小燕姐願意用自己的人生給別人帶來歡笑，這樣的熱情帶她走出悲傷的耽溺。就像一個懷孕的母親為了孩子，可以戒掉「抽煙」的習慣，就

像一個戀愛中的女子可以為了男友節食減肥一樣……這些從耽溺中邁向更好的人生，都是因為背後看見了更高的想望與熱情啊。

換句話說，就算是從轉化負面「耽溺」的角度來看，正面的「想望」、「迷戀」也比「紀律」、「認真」有用許多。在戒除惡習這方面，認真一樣是拚不過迷戀的啊！

現實不一定和迷戀衝突

我也聽過有人說：「不是不願意追隨迷戀、理想，而是現實逼人啊。所以只好永遠在自己不喜歡的領域裡認真、努力啊。」

「現實」當然很重要。但話又說回來，不代表因為現實，我們就不能有熱情和夢想啊。今天的迷戀、熱情或許只是一株幼苗，而現實是一株大樹。但一點也不代表將來迷戀、熱情這株幼苗不會長成更強而有力的現實保障、更高更壯的大樹。

我自己從很小的時候，就發現了只要我寫文章、或者上台說話，很容

易就會得到很大的迴響。因此我很喜歡寫作，也很喜歡說話逗大家開心。儘管如此，我從來沒有想過，我將來會變成一個作家。因為在我求學的過程中，考試得到好成績、考進醫學院，變成醫師，是現實世界成功的主流和典範。

我順著那個主流走下去，慢慢也考進了醫學院。我醫學院唸到大三、大四功課最吃力時，我開始迷戀上了電影。

那時候，生活只剩下了讀書、睡覺、看電影。那幾年，平均一年看了三、四百部電影。有時候放假，一大早天色未亮就拎著三個麵包出門，從最早場的影評人協會放的電影看起，到早場院線電影、電影圖書館的電影，到當時專播藝術電影的ＭＴＶ店的電影……最後一場電影看完走出電影院時，已經是滿天星斗的深夜了。我回到家倒頭就睡。夢裡，我一會兒變成是阿拉伯的勞倫斯，一會兒又隨著伍迪艾倫進出科學城，再不然就是身陷義大利黑道幫派的火拚裡……隔天早上醒來時，我坐在床前，要花一會兒時間，才慢慢搞清楚自己到底是誰。

搞清楚自己是誰的一剎那，我心裡有一種小小的悲傷，忽然覺得：這個世界有那麼多種完全不同的人生，為什麼我過著的是那個我所能經歷的人生裡，最乏味的一個？

到了大學四年級，我曾經很強烈地想出國去學電影。可是考慮到許多因素，我還是沒敢放棄現實。我告訴自己：既然當導演拍電影不切實際，如果非得做點什麼，讓自己甘心，那就寫寫東西吧。

於是我開始寫作、投稿。那時我已經開始在醫院見習了。我小心翼翼地不讓我的師長、同事知道我寫作的事，因為在當時醫院的環境裡，寫作被普遍認為是一件「風花雪月」、「不務正業」的事。

到了大學五年級時，我天真地告訴當時的女朋友雅麗說「我想寫作」時，雅麗小姐說：「每個想寫作的人都自認為有才華，可是我不是這方面的專家，我不知道你有沒有才氣。」

為了證明我可以寫作，我去參加了全國學生文學獎，並且約定，如果我得獎了，她就必須無條件支持我寫作，如果沒有得獎，那麼我會放棄寫

作，乖乖做一個醫生，在醫學的領域精進。很幸運地，那次我得到了「佳作」。因此，有了機會繼續寫作下去……

後來，又發生了許多事情、因緣際會的結果，我真的變成了一個專職作家。

老實說，過去我說「我喜歡創作」時，創作這件事是否可以在「現實」中成立，我其實是沒有什麼把握的。

但對我來說，只要我還能夠負擔，我就願意給自己的「熱情」一個茁壯的機會。堅持不放棄「熱情」的結果，命運果然一步一步帶著我走向了專業作家這條路。從某個角度來說，我轉變生涯成為專職作家的決定並不是突然發生的。它有點像是一棵幼苗一樣，經歷了許多的時間、呵護，慢慢長成了一棵茁壯的大樹。當我下定決心那一刻，由於過去累積的基礎，「熱情」與「現實」的界線已經不那麼截然分明了。由於那時我已經更具備專業作家的條件與讀者的基礎了。因此，在我三十七歲真正放棄醫學，轉變成一個作家的過程中，在現實上其實是沒有遭遇到什麼太大困難的。

於是我變成了一個專職作家。

我並沒有讓外在的「現實」世界和內心的「理想」世界發生過正面、激烈的衝突，我所做的一切，無非是給生命中的「熱情」與「迷戀」一個繼續發展的機會罷了。

也許有人要問：「萬一那時候你沒有得文學獎呢？」或者，「你的作家夢到最後仍然還是沒有實現呢？」怎麼辦？

我還是會繼續「閱讀」啊，繼續因為讀到感動的作品而感到樂趣啊。這就是「迷戀」和「認真」最大的不同了。我說過，迷戀是不需要報酬的。在那個有閱讀、有電影的人生裡，我已經得到了「迷戀」本身的快樂了。更何況，就算我沒有變成了「作家」，但至少我努力嘗試過了。

「嘗試過而失敗」當然是遠勝過「連嘗試都沒有」的人生啊。

我完全沒意料到的事是，在我真的成為專職作家後，我的作品陸續被改編成為影視作品，我自己甚至也成了電視劇的製作人。我不知道這些我曾經有的迷戀與熱情還會繼續帶我走向哪裡，但當我回顧自己的人生時，我很

驚訝地發現，再沒有比這個更大的力量了。

熱情與迷戀，像是為「願望」而生的一雙強而有力的翅膀，只要相信它，它真的會用一種我們不明白的方式，帶著我們一步一步接近我們想去的地方的。因此我說：

認真是拚不過迷戀的。

這是我相信的理念。它不僅僅只是我的主張，它還是我的人生用事實教我學會的道理。

成功哪有失敗好

現在的「成功」未必保證會帶來將來「成功」需要的條件，
就好像現在的「失敗」也未必見得不會為將來開啟「成功」的契機。
「成功」、「失敗」無非只是命運因緣際會中，兩條不同的岔路罷了，
成功不一定通往幸福，失敗也不一定通往不幸。

成功固然是每個人的渴望，但我卻要說成功哪有失敗好。之所以這樣說的理由，並不是鼓勵大家追求失敗，或者是乾脆放棄努力算了。我說的「失敗」指的是儘管經過努力，仍然還是失敗的「失敗」。在我看來，一個人能夠從這樣的失敗裡得到的好處實在遠比成功所能得到的多太多了。

也許有人問：為什麼這麼獨鍾於失敗，多談一些如何成功的秘訣不是很好嗎？

那我正好要反問：人生中，真有可以永遠成功或不失敗的秘訣嗎？

佛經裡有一個寓言，故事說：一個死了孩子的女人，哭著來找釋迦牟尼佛，拜託釋迦牟尼佛能施展法力，讓孩子復活。釋迦牟尼佛微笑對她說：

「妳去城裡，找一個從來沒有死過人的人家，跟他們要一些芥菜子，帶來給我。」

女人走遍城裡的人家，但是沒有一個家裡沒有死過人。到了晚上，女人回去見釋迦牟尼佛，佛問她：「妳找到芥菜子嗎？」

女人終於覺悟：原來人皆有死的。

當然，看了這個寓言故事之後，我們也可以照樣造句。如果有人可以找到一個從來沒有失敗過的人，向他要來一些芥菜子，那麼佛祖一樣也可以保證他一輩子不會失敗。換句話，和死亡一樣，失敗是人生之所難免。不但如此，和成功、死亡比較之下，失敗出現的機會恐怕還要多出很多很多。

因此，如果用藍色表示失敗，用紅色表示成功，把人生畫成一條線的話，你會發現：大部分人的人生是一條參雜著紅點的藍線。假如你一心只想看見紅點，這條線就會充滿了你不想見到的藍點。但換個角度看，如果你能找到一種方法，學會欣賞藍點（或者是紅藍交織的景象），那麼，對你來說，人生可能就是一條美麗繽紛的線了。

我這樣說可能有點玄，說得明白點，既然知道「成功」與「失敗」都是人生之無可避免，何不換個態度，**想辦法給自己找到一種面對成功、失敗都能夠坦然的態度呢**。

這是為什麼我要說：「成功哪有失敗好？」最重要的理由。

成功的遺憾是不知錯過了什麼

大家固然都說成功好。但卯起來計較的話，成功其實沒有真的像我們想像中的那麼好。為什麼呢，因為事實上，一旦得到的同時，你其實也就失去了。

所謂成功，應該說如願得到了什麼。但事實上你只是如願地在這段時間裡裝進了你的選擇。把時間當成是容器的話，一旦你裝滿了「這個」，同時你也就失去裝入其他所有的「那個」的機會了。

就比如說吧，你追求一個女孩（或男孩）A，終於擄獲了她的芳心，同意和你結婚。從世俗的眼光這樣雖然算是成功，但換另一個角度來看，既然你成功地和A走進結婚的禮堂，那表示，至少這一刻，你同時也就失去了和B、C、D……所有其他的異性走進禮堂的機會了。（別說走進禮堂，恐怕連約會、談戀愛也都別想了！）

從A的角度來看，你當然是得到，但是相對於B、C、D……你可能

就是失去了。

也許你會說，但我愛的是A啊，我當然想得到A，失去B、C、D……一點關係也沒有啊。

你會這樣說，那是因為這時候你喜歡A，所以你用A的角度來看啊。

像我喜歡雅麗小姐，但是在我認識雅麗小姐之前，還追求過A、B、C……（為了避免橫生枝節，假設雅麗小姐是D好了）。從A、B、C的觀點來看，我當然失敗了。但如果從D的角度來看，我就覺得很慶幸啊，追求A、B、C的時候，我並沒有成功，否則，還真的沒有機會碰到雅麗這麼好的小姐呢。

（別懷疑。我發誓，這樣說絕對是真心真意的。）

人生就是這麼耐人尋味的一件事，當你為了考上醫學院而開心地慶祝時，你可能同時也就失去了進法學院、工學院、商學院、農學院的機會了。當你為了接到一筆大訂單而感到開心時，你同時也就失去每天準時回家和家人一起吃晚餐的機會了……

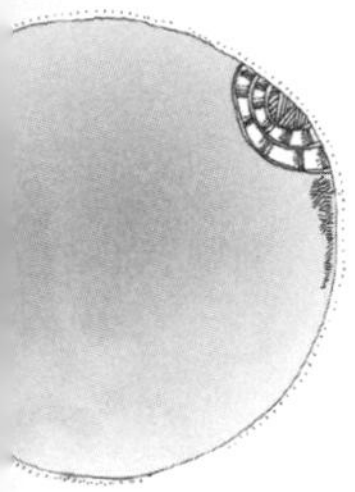

生命無非只是不斷地選擇的過程，失敗的遺憾是錯過了成功，但成功的遺憾卻是你不知道自己到底錯過了更多的什麼。

乍看之下，符合了我們期待的結果，好像是「成功」的，但現在的「成功」未必保證會帶來將來「成功」需要的條件，就好像現在的「失敗」也未必見得不會為將來開啟「成功」的契機。為眼前的「成功」開心，為眼前的「失敗」傷心，是人之常情。但「成功」、「失敗」無非只是命運因緣際會中，兩條不同的岔路罷了，成功不一定通往幸福，失敗也不一定通往不幸。

想通了這些，成功也好、失敗也好，無非都只是人生的風景之一而已。只要盡心盡力努力過了，無論命運讓我們見識的是什麼樣的風景，何妨就這麼瀟灑、自在地繼續走下去吧。

否則，少了平和、專注，路上再美的風景，怎麼看得見呢？

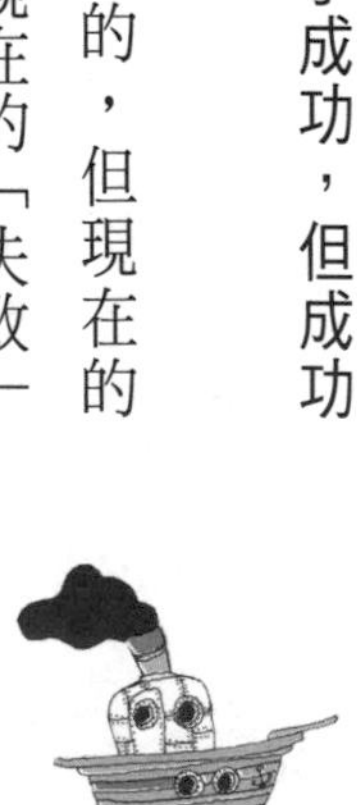

先聖先賢常鼓勵失敗者說：「你無法從成功學到任何事情，但失敗卻是我們人生最好的老師。」其實成功不只讓我們學不到東西，在我看來，更糟糕的是，「成功」這樣的概念往往限制了我們的人生。

我記得有一次演講結束提問題時，有個觀眾老實不客氣地就舉手對我說：

「我覺得你寫大部分的作品，都寫得不怎麼樣。」

現場變得有點緊張，大家都等著看我回應這個觀眾的挑釁。

我倒沒什麼好緊張的。我告訴他：「老實說，我的想法和你差不多。我也覺得我自己寫的東西都不夠好。」

這位觀眾碰了個軟釘子，有點不開心了，他說：「你是一個作家，自己東西不好，這不是不負責任嗎……」

我說：「不是不負責任，而是盡了責任，絞盡腦汁，目前只能做到這樣。但我並不滿意，還在繼續努力中……」

演講結束後，行銷人員跟我說：「侯大哥，那人分明是來找麻煩的，

你何必對他那麼客氣？」

我說：「讀者當然可以有自己的意見。而我說自己寫得不好，也真的不是客氣。」

「銷售那麼成功，還說自己寫得不好，怎麼會不是客氣呢？」

我當然不是客氣。在我看來，出版社當然可以從銷售量判斷書的發行是否取得市場的成功。但一個作者卻不應該這樣自我感覺良好。

為什麼呢？

因為作者如果覺得自己寫得很好的話，表示他對自己的要求與標準就停在這裡了。而當你不再有更高的標準時，你接下來的作品，怎麼可能會再進步呢？

因此，重點不是你寫得好不好，而是，用什麼樣的標準來看這個「好」與「不好」。一個不斷要求自己進步的作者，用上一本書的標準來看新的作品，當然應該是「好」的，但如果要用下一本書的標準來看這一本書，那就應該是「不好」的了。

因此，我說自己之前的作品「失敗」或「不好」，並不是不負責任，而是因為用了更高的標準看待自己的作品。當然，這樣的標準，目的是為了督促自己進步啊。

我很喜歡Wii Sport裡面一個獨木舟遊戲裡的練習程式。這個練習程式讓初學者先設定一個比較簡單的目標，好比：

在三十秒鐘之內，划完九十公尺的航道。

玩家如果在三十秒裡面到達終點，遊戲裡的人就會對你歡呼，並且發出「成功」的訊息！但在下次繼續練習時，「成功」的標準變成了：

在三十秒鐘之內，划完一百一十公尺的航道。

在這樣的情況下，原來九十公尺這個「成功」的標準被提高了。因此，如果實力不跟著提升的話，同樣的成績，在這一次的練習中，很可能就變成「失敗」了。就這樣一次又一次提升練習的難度，依此類推……

我第一次玩獨木舟的練習時，很容易就得到「成功」了。但由於標準的提升，我很快就面臨了「失敗」。但正由於有了「失敗」，我的鬥志又被

激發出來，開始花時間研究河道的走向，調整自己的姿勢，慢慢又得到了新的「成功」，然後又是更高標準的「失敗」……藉由這樣一次又一次的練習，遊戲實力果然很快地就提升上來了。

這個遊戲讓我們看到，**儘管我們追求的是「成功」，但真正刺激、提升我們的，卻是「失敗」**。這個道理放到所有的領域裡都是一樣說得通的。對於任何一個還想追求進步的人，懷抱著更高的標準，擁抱「失敗」、「不好」的壓力，當然是比陶醉在「成功」的自我感覺良好裡可靠許多的。

回到我對自己作品的態度，也是同樣邏輯。

我認識一個演藝人員，從年輕時代一直受歡迎。問題是他卻對自己的工作漸漸失去熱情。

「我不想被定型。」他告訴我。

「那很好啊。」

「可是公司說我現在這樣很成功，他們怕換了一個樣子，觀眾會不認同。」

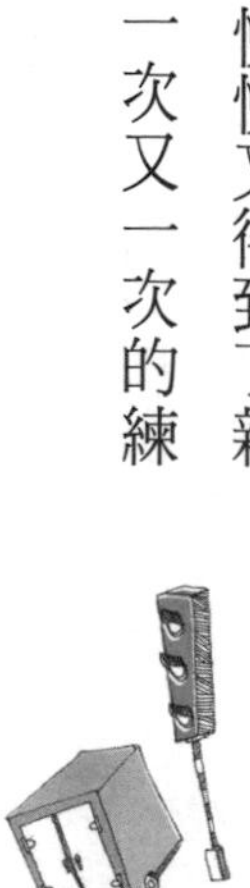

「所以，你被你的『成功』限制住了？」

他沒有說什麼。

「我問你，假如你繼續這樣下去，你覺得你的『成功』還算是成功嗎？」

他搖搖頭。「越成功越失敗。」

於是我把Wii Sport的獨木舟遊戲邏輯和他分享。「你的內心都告訴你答案了啊。一旦你覺得這樣不算成功，你覺得自己是『失敗』的，那麼從『新的失敗』到『新的成功』的渴望，就是你的動機與熱情啊，不是嗎？」

「可是，萬一觀眾不接受，失敗了怎麼辦？」

「既然你都從『失敗』開始了，還擔心什麼失敗呢？」

他聽了，對我笑了起來，並且點了點頭。

挨罵還是可以很開心

所以，很多時候，我覺得人生多少要有一點像是玩遊戲一樣，「玩」

的心情。

當我們在「玩」的時候，我們很少嚴肅地看待「失敗」。沒有過關時，我們頂多大叫一聲：「啊。」想想問題出在哪裡之後，按下「Replay」，重新再來一次。有了這樣的心情，「失敗」就不再是「失敗」了，它變成了一種「練習」，藉由練習，我們從中不斷得到進步。

所有那些技藝高超的達人或叫我們讚歎的天才，從樂手、歌手、運動員、數學高手、電動玩具玩家、演員……在從事他們最拿手的事時，多少都散發出一種這樣「玩」的氣質。古人說：「業精於勤，荒於嬉。」這個說法之所以成立，是因為那個人根本不喜歡這個「本業」，因此跑去「嬉」別的「業」去了，本業當然會荒廢。但換個想法，如果有人「嬉」於自己喜歡的本業呢？可以想像，「嬉」於本業的人必然比只是「勤」於本業的人更快樂、更有成就感，這麼一來，「業」自然也荒廢不到哪裡去了。

因此，「業精於勤」，這是大家都同意的。但怎麼才能「勤」呢？一種是告訴自己，因為這樣才能成功，因此自我激勵、自我奮發。這是傳統的

看法，叫做「勉而勤」。另一種是發現這件事情很有趣、很好玩，恨不得天天玩，這叫「嬉而勤」。

兩者之間最大的差別就在於「嬉於勤」者把「失敗」當成過程裡面正常的一部分元素，並且善用「失敗」這個元素能帶來的力量與樂趣。而「勉於勤」者卻把「失敗」當成必須努力避免、排除的一個「非正常」元素，非但不能利用「失敗」給自己帶來正面的動能，而且還在精進的過程之中，被「失敗」消耗掉太多的動能。

因此，找到一個態度，學會和生命中必然的「失敗」相處其實是很重要的。

我年輕剛進醫院實習的時候自信滿滿，但因為經驗不足，常挨資深醫師的罵，那時候我感到既苦惱又挫折。後來有一天，我和一個高我一屆很優秀的學長聊天。我問他：

「你當實習醫師的時候挨罵嗎？」

「當然。」他說。

我嚇了一跳。原來連像他那麼優秀的醫師都會挨罵。於是我又問：

「你有沒有算過，你一年的實習醫師當下來，挨罵了多少次？」

他想了一下說：「少說七、八十次有吧。」

和他一席話之後，我的心情好多了。我開始想，如果連他都要挨罵七、八十次，那麼，以我的資質，當完一年的實習醫師，如果挨罵的次數能少於一百次，應該也算是個成就了吧。於是我給自己訂下了一個目標——「一百次挨罵」。我甚至做了一個表格，上面有一百格，每挨罵一次，我就在其中的一格記錄下挨罵的時間與事由。

開始有了這樣的「新玩法」之後，心情變得不太一樣了。挨罵當然還是挨罵，但是每次挨罵時，不管多難堪，心情上多了一種好像是「遊戲裡得分」的感覺，那種感覺很複雜，有點像是：「又更靠近結業儀式了」那種小小的成就感，也有一點「啊，又被罵了，一定要想想到底出了什麼問題，下次一定得小心，絕對不能超出一百次啊。」那種按「Replay」時小小的不甘心。

很神奇地，直到我實習醫師結束時，我並沒有把那張表格填滿。說得更精確一點，我只挨罵了三十七次，竟然就畢業了。我注意到，隨著時間過去，我挨罵的次數越來越少了。不但如此，我還在許多實習的科別拿到了從未有過的好成績。

那張一直沒填滿的表格我保存了一陣子。我心想，既然空格用不完，就留下來當成我人生挨罵的配額吧。過了好久，也一直沒有用完。

挨罵還像我這麼開心的人大概很少了。

事實上，只要換個角度看待失敗，我們能從失敗學習到的事情真的比成功多出太多了。

我永遠不會忘記我的第一次演講。

那是我才出了《親愛的老婆》這本書沒有多久。我的作家朋友苦苓那時推薦我到台中地區為一個扶輪社團體做一場關於夫妻相處的演講。我當時沒有考慮太多就答應了。

等我到達演講會場時，才發現，到場聆聽我談夫妻相處之道的，都是結婚幾十年的老夫老妻。

那時我才結婚一、二年，一看到這麼多老先生、老太太蒞臨，我就知道我完蛋了。一個結婚一、二年的一個年輕作家，如何去告訴這些用時間與歲月走過來的夫妻們，什麼才是相處之道呢？

我的虛心以及整場的結結巴巴當然可以想像。

幸好這個扶輪社是一個非常和善的團體，我的聽眾簡直就像家長聽著小孩表演才藝那樣的帶著微笑以及鼓勵的眼神，聽完了我的演說。

我在離開會場時，向主辦單位要了我現場的錄音帶。一路從台中開車回台北時，我聽著自己的演講錄音帶，簡直是羞紅了臉。

我是在受到那個失敗的刺激之後，發奮一定要把演講的功力練好。

從那之後，大約有二、三年的時間，我大約每年都保持著上百場的演講紀錄。理由就是為了讓自己把演講這件事做好。

後來演講多了，漸漸不再那麼害怕演講，甚至還被稱讚講得好，連我

自己都覺得真是不可思議。我常常在想，我當醫師時其實是很忙碌的，如果當時稍微講得好一點，或者說了一個「下得了台」的題目，少了那個因緣際會，激起了我想學好演講的鬥志，我的人生應該會很不一樣吧。至少我不會有機會接那麼多演講，更不用說後來出版了許多有聲書、甚至是主持廣播節目、上電視接受訪問……

換句話，**失敗成了轉變我的人生最重要的恩人、導師**。

達賴喇嘛在回顧他從西藏逃亡出來的過程時，曾經表示：儘管當時心裡有許多的不願意，可是他並不知道，正因為這樣的挫折，他才有機會把佛教的信仰和哲學傳佈到全世界更多的地方去。因此，他說：

「人生中最艱困的時期，便是獲得真正體悟和內在力量的最好機會。如果你的生命一帆風順，你可能會變得軟弱。只有在經歷最悲劇性的環境中，你才能激發出真正的力量。」

不只如此，他還鼓勵別人把「挫折」當成老師來對待：

「如果有人把你當成敵人，他便是你最好的老師。在你遇到敵人時，

才是真正修習忍辱的時候。」不但如此，他還說：「要感謝敵人，正因為有敵人這個逆增上緣，才激發了我們向善向上，克服困難，超越障礙的潛能。」

這些經驗種種，都一再告訴我們：

我們應該轉換我們看待「失敗」的負面觀點，用正面的態度來面對「失敗」，並且從中得到更大的能量。

這些能量未必許應我們走回原來想要的成功，但卻可以讓我們看見不同的視野，走向更深刻、更豐富的生命。

恭喜你遇到挫折

我永遠都不會忘記，當兒子考完指考對答案時，嘆氣連連。在對完答案之後，更是一臉沮喪的表情。他問我：

「怎麼辦？我完了，我該怎麼辦？」

他高三這一年還算用功，成績不盡理想，那種「走投無路」的心情，

我當然可以體會。糟糕的是全家陪著他面對學測的挑戰，衝刺了一年，得到這樣的成果，氣氛當然也相當低迷。於是我把兒子找來，問他：

「考不好既然是事實，那也沒有辦法了。你自己怎麼看這件事？」

他想了一下說：「我高一高二的時候不夠用功，可是我覺得自己高三的時候很努力，可惜晚了一點。」

「那時候你因為參加了很多社團，所以不夠用功，你後悔嗎？」

兒子搖頭。

「那你說你高三很努力，現在想起來，你覺得還有遺憾的地方嗎？」

「沒有。」他說。

「既然沒有後悔，也沒有遺憾，那就好了。這次考不好，只能說你有點低估了你想要的結果必須付出的努力。同意嗎？」

他點點頭。

「既然都盡力了，那就不要再難過了。」

「可是我不能接受這個結果。」

我說：「人生的處境，很多時候不是你能不能接受的問題。」
「那我該怎麼辦？」
「你得好好想想。」
他沉默了一下，問我：「你會不會覺得我的人生失敗了？」
「怎麼會呢？」我說：「你只是指考沒有考好，只要你願意面對自己的處境，你永遠都有選擇。」
「我能有什麼選擇？」
「如果繼續堅持你的目標的話，你至少有三種選擇啊。第一種選擇，你可以去唸你考上的科系，雖然不合你的理想，你進了大學之後可以轉系，或把功課弄好，準備將來考你想唸的研究所啊。」
「要是我不想這樣呢？」
「那第二個選擇，你可以準備重考啊。」
「可是我覺得為了應付考試讀這些書根本就是在浪費生命，我不想再浪費一年的時間。」

「如果三個選擇都不要，你還有第三種選擇，你可以準備托福，出國去唸大學啊。」

「可是我要先服完兵役才能出國。我又不想現在就去當兵……這樣我等於沒有選擇啊。」

「這三個選擇固然不是你最想要的，但目前你的處境就是這樣。你可以好好想一想，或是去找一些有同樣經驗的人談談吧。」

和我談完之後，兒子開始去請教朋友的意見。過了沒多久，他跑來對我說：

「我很確定我不會重考了。我現在剩下去唸大學和出國讀書兩個選項，可是，在作決定之前，我希望能找到一個去國外唸大學的人，跟他談談。」

他這麼一說，我想到我的朋友Joseph。

「我可以給你介紹Joseph叔叔，他在高中的時候因為搞社團，大學沒考好，後來他決定去美國唸書。現在他已經唸完大學、研究所，在日本、大

陸、台灣都工作過，現在發展得很不錯呢。你要不要和他談談？」

兒子欣然同意。於是我打了個電話給Joseph，他當然也很樂於提供一些意見給年輕人。

兩個人一見面，才坐下來，Joseph就對兒子說：

「恭喜你，能考這麼差。」

兒子說：「我又不是故意的。」

「如果是故意的就不好了。就是因為你不是故意的，才要恭喜你啊。」

「考這麼糟，有什麼好恭喜？」

「當然值得恭喜啊。你的爸爸媽媽都是學醫的，台灣的醫師基本上都是不需出國求學就可以自給自足。你想想，要不是你考得這麼糟，你的爸爸媽媽哪會捨得讓你出國去唸大學？雖然你現在考不好覺得挫折，可是過了幾年後，等你唸完書從美國回來，有了不同的視野再回頭看看，你會發現，這個時候的挫折，實在是你的人生經歷中最值得恭喜的一件事。」

兒子覺得有道理，他問：「可是，如果我要出國唸書，我得先去服一年兵役欸。」

「那很好啊。我當初也是先當了兩年兵之後，再出國的。」

「你當兵的時候，」兒子又問：「是什麼心情啊？」

「那我反問你，如果你現在去當兵，你自己覺得是什麼心情？」

「我會覺得，我是因為考不好，被懲罰。」

「我跟你不一樣，」Joseph說：「我當兵的時候很開心。當兵可以看到、學到很多事情啊，何況每天我都在想，我已經走在出國唸書的路上了，我終於要『開始』出國唸書了。」

那是考完學測之後，我頭一次看見兒子臉上露出笑容。

兒子最後選擇了提早入伍去服役。他告訴我：

「如果Joseph叔叔當兵兩年都可以這麼開心，我只需要當兵一年，有什麼不能覺得開心的呢。換個角度想，是啊，或許我真的很幸運吧。」

老實說，我並不覺得他的選擇一定更靠近他想要的成功，但我很高興

看到他終於能夠坦然地接受自己的挫折，並且將這樣的挫折轉換成另一種正面能量，繼續堅持自己追求的夢想。

人生才正要開始

「你會不會覺得我的人生失敗了？」

兒子的這個問題，總讓我想起日本導演北野武拍的一部叫「壞孩子」（Kids Return）的電影。那是兩個不想上課的青少年，逃了學去見識外面的世界。兩個孩子一個去學拳擊、一個去混黑社會，混到最後一事無成，這才發現原來外面的世界並沒有比學校更容易。一年之後，兩個輟學的青少年意興闌珊地又騎著腳踏車回到學校操場，就像故事一開始時一樣，同學都在上課，他們就這樣無所事事地在操場繞呀繞地。

一個青少年問另一個青少年：「我們的人生是不是完蛋了？」

另一個青少年得意洋洋地說：「傻瓜，我們的人生才正要開始呢。」

我好喜歡這個電影的結尾。

「你會不會覺得我的人生失敗了？」

就像我想用莎士比亞的一句話，回答兒子以及所有年輕讀者的答案一樣：

凡是過去，皆為序章。

傻瓜，只要繼續堅持走下去，無論過去發生了什麼，對任何人來說：人生都才正要開始而已呢……

想事情 要用自己的腦袋啊

從「未來」的角度來看，現在的「標準答案」其實是一點也不標準的。
因此，上學的目的，與其說是學習「知識」，還不如培養一種能夠「獲得知識」的能力。
而要獲得這種能力，最基本的方法，就是問問題——而不是給答案。

如果去問學者專家或開明人士：「一個人最重要的能力是什麼？」最常得到的答案十之八九往往是：「獨立思考。」

但如果再進一步問，什麼是獨立思考？怎麼樣才能獨立思考？那可就很難說得清楚了。

這件事之所以不容易說清楚，多半不是因為說的人不懂，而是「獨立思考」這樣的事情是無法「說清楚」的。

這就好像你看福爾摩斯探案一樣。劇情發展到最後，福爾摩斯總能夠找出不易察覺的蛛絲馬跡，終於找出了真正的兇手。當然，謎底揭曉之後，少不了總有一番解謎與分析。但問題是：這些都只是推理的過程，我們更想知道的其實是福爾摩斯腦袋裡那個看不到的思考活動。他為什麼能夠那麼想？或者，要如何才能像福爾摩斯一樣能那麼想？

可惜這些，不要說學校不教，想學的人，就算把福爾摩斯的書或電影看爛了，也是學不到的。

為什麼學不到呢？因為平時大部分我們學得到的東西，都是「動腦

筋」的對象。我們可以「動腦筋」學會英文、數學、物理、化學，但卻沒有辦法靠著「動腦筋」學會「如何動腦筋」。

因此，「動腦筋」的學問，要有一點靠頓悟才行。

禪宗在學頓悟時，有時候靠「棒喝」，因此，有樣學樣，這篇文章，我打算從這句話開始：「想事情要用自己的腦袋啊！白癡。」

你用的是自己的還是別人的？

被這麼一說，心裡當然不爽。

或許有人要不服氣地反駁：「想事情當然要用自己的腦袋啊，否則，難道還用別人的腦袋嗎？」

（或許再加上一句，還有，一定要罵人白癡嗎？）

我說：「想事情當然要用自己的腦袋，可是很多時候，我們想事情常常用別人的腦袋。用別人的腦袋想事情，不是白癡，是什麼？」

你問：「別開玩笑了，想事情怎麼可能用別人的腦袋呢？」

先說個故事好了。

我小時候的電視廣告賣一種冰箱，號稱配備特殊的殺菌燈，在冰箱關門的時候會亮起來自動殺菌。冰箱門打開時，為了避免傷及人體，又自動熄滅了。當時我的鄰居阮媽媽買了一台那樣的冰箱，請大家去參觀。只見他們把冰箱門打開，殺菌燈是熄滅的，冰箱關上之後，就什麼也看不見了。於是我好奇地問：

「要是那個燈一直都不會亮的話，怎麼辦？」

可想而知，這麼不識相的一問之後，立刻招來許多白眼。

回家之後，我媽罵我：「你幹嘛問那種尷尬的問題？電視廣告上都有啊，打開就熄滅，關上就亮起來。要是殺菌燈不亮的話，廠商哪敢拿來賣你？」

「可是我們又沒有看到。」

「不是說過了嗎？不亮不會拿出來賣你。」

「假設好了，萬一所有的冰箱關上了殺菌燈都會亮，但裡面剛好有一

台故障了，被賣到阮媽媽家，我們怎麼知道呢？」

「哪那麼湊巧，壞掉一台，就剛好是隔壁阮媽媽買的那一台？」

「我是說，假設嘛，假設剛好就是阮媽媽家那一台，我們怎麼知道它會不會亮呢？」

「就算不亮有什麼關係呢？」我媽說：「過去全世界的人，家裡的冰箱也從來沒有殺菌燈啊，就算不亮也不會怎樣，不是嗎？」

「妳的意思是說，那個殺菌燈還是可能不會亮的。對不對？」

「當然是有可能。只是，可能的機會很小很小很小……」

「既然有可能，我這樣問沒錯啊，為什麼你們都瞪我？」

「阮媽媽買了一台新的冰箱那麼貴，就是因為裡面有殺菌燈啊，她請我們去參觀，你說那個燈不會亮，那不是很掃她的興嗎？你這樣說很沒有禮貌，知不知道？」

對我媽而言，這個故事大概就到這裡了。

但在我心裡，更多的問題卻跑出來了。為什麼明明看不到，大家卻都相信？自己相信也就算了，還不准別人懷疑？更糟糕的是，明明知道有可能錯，卻為了種種理由，一定硬是要把它說成是對的、真的？

這樣的懷疑，隨著漸漸長大，經歷過一些事之後，我慢慢發覺並非特例。在人類的世界裡，許多大家覺得理所當然的事情，基本上，和我小時候那個冰箱裡的滅菌燈沒有什麼兩樣。這些理所當然的事，包括某某領袖是最偉大的啦、某某教育方式是為我們好啦、某某名模是第一美女、某某商品是最帥最時尚的啦，某某東西買越多省越多……

宣揚這些想法的人（或組織、社群），為了讓大家意見一致，索性連想法都幫我們準備好了，這些現成的想法，透過傳播、教育、文化……的力量散佈，有形無形地告訴我們應該怎麼看、怎麼想。到最後，我們聽多了難免信以為真。一旦信以為真越來越多，大家看到別人都和自己一樣，就相信這應該是真的，因此就不再想了。

不想當然有很多好處，首先，對怕麻煩的人，這樣很省事。不但省事，而且因為自己和別人想的都一樣，因此得到一種安全感。更進一步，因

為想法一樣，氣味相投，所以你就有了朋友。於是，不管別人想的是對是錯，你開始放棄自己的想法，變得和大家一樣。

好比說：你明明不知道A老師到底怎麼樣，但同學都說A老師很爛，因此也就跟著人家起鬨說A老師很爛。事實上，你罵A老師的那些理由都是別人遇上的，你自己從來沒有碰過。說不定本來你還覺得A老師教得不錯呢，但是跟著大家一起罵A老師爛時，你和同學有一種同仇敵愾的快感，你喜歡那樣的感覺，於是你開始放棄自己的想法，變得和大家一樣。

這樣看起來我們雖有想法，叫我們說出想法時也頭頭是道，但真正追究起來，我們腦袋裡大部分都是別人現成的想法。這就是說：

大部分時候，我們是用別人的腦袋在想事情的。

這正是談到「獨立思考」時，我說：「想事情要用自己的腦袋，白癡！」最重要的理由。

你或許會說：「噢，原來這就是『獨立』思考啊。這很簡單啊，反正，『獨立』就是不受『別人』影響，凡事『自己想』就對了。」

但我說：「這也不對。」
「怎麼又不對了？」
「別人固然妨礙我們獨立思考，但那還事小，妨礙我們獨立思考最多的人，其實是我們自己。」
「自己妨礙自己獨立思考？」
「當然。」
我繼續說個真實故事。
有個醫科學生來找我，他的困擾是這樣的：
「我覺得很沮喪，現在牙科有很多非健保的自費收入，可以做假牙、有的可以植牙，賺錢比醫科容易多了。」
我告訴他：「如果你覺得牙科賺錢容易，你可以去重考牙科啊。醫科錄取分數高，既然考得上醫科，當然也考得上牙科啊。」
「問題是我的成績那麼高，為什麼要去重考牙科？」
「你不是覺得牙科賺錢比醫科容易嗎？」

「牙科當然比醫科賺錢容易，可是我的成績那麼好，為什麼要去讀牙科呢？」

「如果你在乎醫科分數高，面子上好看，那就繼續好好唸完醫科吧。」

「可是我不甘心，醫科成績這麼高，還得比牙科多唸一年，為什麼收入不如牙科？」

……

這個故事還沒有讀完，也許你早已經跳起來了。

「這個醫科學生根本是白癡嘛！」

我說：「醫科學生分數那麼高，怎麼可能是白癡呢？」

你說：「因為他根本沒有用腦袋在想事情。」

我問：「那他用什麼腦袋在想事情？」

你說：「他根本就是用情緒在想事情？」

我問：「什麼情緒？」

你說：「他自以為是醫科生，考試成績比牙科高，所以理所當然地覺得他將來的收入應該比牙科高。」

我問：「這樣想，有什麼不對？」

你說：「問題現實不是這樣啊。他想改變現實，但現實是不可能為他改變的啊。」

我問：「那他該怎麼辦？」

你說：「要嘛，他就乖乖地繼續唸醫科，再不然轉牙科。要真覺得賺錢不夠多，乾脆去唸商學院算了。」

我問：「可是他如果不願意這麼想呢？」

你說：「那他就是白癡。」

（噢。白癡可是你說的。）

說了這麼多，回到我們的主題，所謂「獨立」思考的「獨立」，不只是要不受別人影響，同時還得是「不受到自己內在情緒、偏見影響」的理性

態度。

但話又說回來，這樣的「獨立」態度，對思考為什麼重要呢？就以我老本行的祖師爺——被稱為「西方醫學之父」的醫學家希波克拉提斯（Hippocrates 460-370B.C.）的故事來說明好了。

希波克拉提斯在兩千多年前留下來了四十個病人的病歷記載。從這些紀錄中，我們清楚地發現，四十個病人治療之後，有一半以上的人病情沒有得到改善、甚至最後不治而死，但希波克拉提斯卻客觀、完整地把過程都清楚地記錄了下來。

不可諱言的，這麼「誠實」的紀錄對醫師當然是很難堪的。從「面子」的角度來說，這些治療失敗的紀錄當然是越少人知道越好。然而，比面子更重要的卻是客觀的事實啊。大家想想，如果病歷記載也變得充滿了「歌功頌德」的浮誇，將來如何能夠累積臨床經驗，創造出自己的知識體系呢？正因為有了這個「客觀」、「清明」的態度，醫學才能在不斷地嘗試與錯誤中找出「正確有效」的方法，提升醫療的水平。也因此，才能打敗中古世紀

的迷信，脫穎而出，建立了一套強而有力的西方醫學系統。

因此，當我們說「獨立思考」時，「獨立」是必須放在「思考」前面的。這表示「獨立」是「思考」的前提，也是「思考」之所以能夠建立的環境與氛圍。少了「獨立」，「思考」就失去了真正的價值。

因爲問得精采所以活得有趣

至於什麼是思考呢？簡單地說，就是動腦筋。

我們的腦袋到底是怎麼樣動腦筋想事情的呢？

很多人喜歡把創意說得多玄又多玄，在我看來，動腦筋這個機制一點也不神秘，說穿了無非就是「自問自答」而已。

「自問自答？像這樣？」你說：「我問自己：我是男生女生？然後回答，是男生。再自問：我幾歲？然後自答：十七歲。又自問：喜歡什麼？然後自答：喜歡睡覺、看電影……可是，這樣好像有點白癡？不是嗎？」

「這樣當然很白癡啊。我說『自問自答』，可是沒讓你這樣問啊。我

說的『動腦筋』是必須從你自己過去『沒有問過』或是『沒有答案』的問題開始。」

「噢？」

舉個例子來說好了。

電腦展不是都有辣妹嗎？你去參加展覽，如果就是流著口水、看著辣妹，然後看到順眼的就買產品，買回來還自鳴得意，覺得「賺」到了，這樣的層次就是「不動腦筋」。

為什麼呢？

因為你根本沒有問出任何過去沒有問過的問題。

可是如果你看上了一個辣妹，開始問問題了，好比說：「怎麼樣才能把她約出去」或「怎麼讓她注意到我」，這就是動腦筋的開始了。

有了這個問題，你就得開始思考了：怎麼樣才能讓她對你產生興趣呢？最好的辦法當然是讓她在你身上看到吸引她的優點。接著問題又來了：我身上能吸引她的優點是什麼呢？……

看到沒？因為你問出了「過去沒有問過」的新問題，因此，你開始了這一大串沒完沒了的「自問自答」，於是你就這樣開始「思考」了。

因此，「思考」都是從問題開始的。沒有問題，也就沒有思考了。不但如此，當你問問題時，「問題」的層次，也決定了你思考的「深度」，同時，很可能地，也決定了你人生的方向。

「有那麼嚴重嗎？」你問。

「當然。」我說。

這樣說好了，今天假如有另外兩個同學和你一起去看展覽，同樣看到辣妹，他們的問題不是：「如何才能把她約出去。」而是，「用辣妹來促銷，還可以使用在什麼行業？」於是他們兩個人開始三言兩語地討論起來了：「汽車展、電玩展、動漫展、電腦展、還有檳榔西施……都有辣妹。」

這兩個朋友的層次當然和你不同。（這同意吧？）

好了，假如這兩個朋友繼續討論下去，一個人說：

「啊，我要打聽打聽辣妹站台的費用，今年校慶園遊會的攤位，我也

決定要找校園辣妹來站台。」

另一個人想的卻是：「同樣都是辣妹站台，政府為什麼常常出場地、出名義贊助汽車、電腦、電玩展，卻從來不鼓勵檳榔西施？」

假設這兩個人在人生的路上就這麼不斷地問下去，你當然可以預期他們的命運是很不一樣的。十年後，他們很可能一個是上市公司的大股東，另一個是搞政治的民意代表，而你，如果問的問題一直只是如何把到辣妹，很有可能，十年後還是一樣流著口水逛電腦展……

在我看來，**「好的問題」當然是比「標準答案」重要許多許多的。**一部偉大的作品深刻與否，通常是因為它給了我們「好問題」而不是「好的答案」，一個研究的高度，往往也是在於它問的問題的重要性，而不在答案的正確性。同樣的，有趣的人生，也應該是因為我們對自己問出了精采的問題，而不是我們只是對自己遭遇的問題提出答案而已。

可惜的是，我們的教育把大部分時間花在訓練大家找「標準答案」，

而不是提出「好的問題」。大家可以看到，「答案」是思考的終點，而「問題」卻是思考的起點。在找答案的教育裡，學生一旦得到「標準答案」，思考也就停止了。這樣的教育格局，知識是封閉的。

封閉的知識，就算擁有一百分的高分，能達到的頂點，最多只是上一代知道的一切。

但上一代知道的一切，對下一代的孩子其實是不足夠的。

只要回頭看看二、三十年前我們在學校受的教育，對照我們現在賴以謀生的技能，就知道我這樣的說法一點不假。我們這一代的人在自己的工作領域裡，大家都得使用電腦、網路，可是二、三十年前，我們誰又學過電腦了？現在的醫院治療病人，用的都是分子生物學的基礎，在我還在醫學院唸書的時代，誰又學過什麼先進的分子生物學呢？更不用說小時候，我們還花了很多力氣，學習、參加什麼珠算比賽、查字典比賽……

這些在過去很重要的「知識」，到了現在，其實都已經被更新科技取代了。換句話說，從「未來」的角度來看，現在的「標準答案」其實是一點

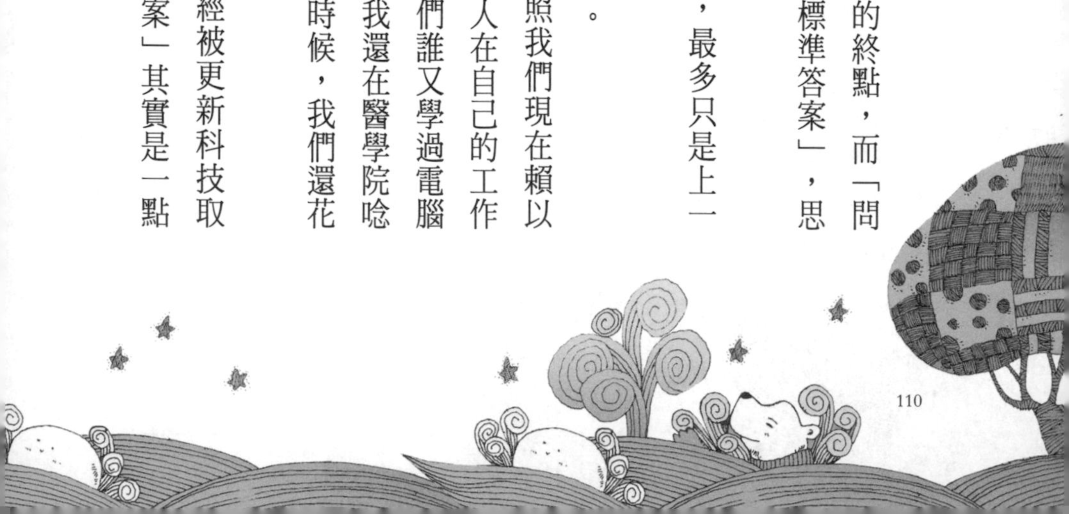

也不標準的。

因此，上學的目的，與其說是學習「知識」，還不如培養一種能夠「獲得知識」的能力。而要獲得這種能力，最基本的方法，就是問問題——而不是給答案。

「找答案」的教育體系是封閉的。但「問問題」的教育卻正好相反。它鼓勵學生不斷地發問，為什麼「標準答案」一定是「標準」的呢？有沒有更超越「標準」答案的答案呢？在這樣的情況下，標準答案可能被推翻，於是新問題與新的答案又被開啟……這才是一套能夠不斷地自我更新，並且能夠不斷獲得知識的能力。

從親人與ㄌㄨㄞ ㄌㄨㄞ開始歸納

有了問題，接下來當然是找答案。

這個過程，古典邏輯學裡提供了一些基本的方法。

為了不要讓這些方法的說明看起來太「可怕」，我就先用自己的一篇

故事，充當這個「找答案」的方法說明吧。

這個故事是這樣子的：

我的朋友Luke在五十歲生日的時候，很感性地致辭。他說：

「我這一生最感謝的是我的老婆。她陪伴著我一路走過來。雖然我們已經漸漸變老，但是她在我心中，已經是像親人一般的感覺。」這話當然很感人，老婆聽了當場感動飆淚。

昨天我帶著老婆在東區散步。走過ＳＯＧＯ百貨時，看到蘇菲瑪索的化妝品廣告。看著海報上超大的人頭，雅麗小姐感嘆說：

「唉，連蘇菲瑪索這個青春玉女都變老了！」

我一時專業興致大發，以影視製作人兼醫學專家的身分，得意洋洋地對她分析：

「其實蘇菲瑪索的輪廓線條一直維持得很好，可惜年紀大了，皮下組織膠原蛋白流失，因此，臉上那種『ㄉㄨㄞ』『ㄉㄨㄞ』的感覺不見了。」

說得雅麗小姐連忙緊張地一直拍自己的臉，問我：「那我呢？我臉上

『ㄉㄨㄞ』『ㄉㄨㄞ』的感覺還在嗎？」

結婚近二十年，這本來是再容易回答不過的問題。壞就壞在我想起了幾天前Luke先生那一番感性的話，也不知死活地想東施效顰一番。於是我說：

「不用擔心，妳是『親人』。」

本來以為這樣說會很浪漫的，沒有想到雅麗小姐哀嚎起來。

「啊，我變成親人了，」她拍臉拍得頻率更高了：「人家不要親人，人家要『ㄉㄨㄞ』『ㄉㄨㄞ』的感覺。」

「我沒有說妳沒有『ㄉㄨㄞ』『ㄉㄨㄞ』的感覺啊。」

「可是你說我是『親人』。」

「妳是親人沒有錯啊。」

「可是我不要親人，我要『ㄉㄨㄞ』『ㄉㄨㄞ』。不管啦，我不要親人，我就是要『ㄉㄨㄞ』『ㄉㄨㄞ』……」

一路上，至少有十分鐘，直到我們去吃了一頓含有豐富的「膠原蛋

白」的海鮮之前，她就那樣用著哀怨的眼神看我，然後不斷拍著自己的臉頰，重複著同樣的話。

「我不要親人，我要『ㄉㄨㄞ』『ㄉㄨㄞ』……」

無言以對的我恍然大悟，原來同樣的台詞，換了不同的人、不同的情境來說，效果是完全不同的啊。

唉，連親人都不要。我終於第一次能夠體會「東施」那種無奈的心情了。

毫無疑問的，這篇文章是從一個問題開始的。

「一個結婚很久的男人要怎麼做，才能讓他的老婆繼續感激涕零呢？」

當然，這是一篇「自我消遣」的文字。不過，在消遣之餘，全篇有段最關鍵的文字，不知道大家發現了沒有？

這段關鍵文字正是文章一開始：「我的朋友Luke的致辭，以及他老婆

聽了飆淚的故事。」少了這一段文字，整篇文章的樂趣完全消失了。為什麼呢？

因為在這段文字裡，我把Luke的行為當成了「通則」。正因為有了這個「通則」，於是我就可以用邏輯推理的第一個方法：演繹法。

什麼是演繹法呢？用式子表示，這個方法是這樣的：

通則→個案

這也就是說，有了Luke先生這個通則，把這個通則放到侯文詠的個案上，只要比照辦理，那麼，侯文詠的老婆也應該像Luke的老婆一樣，感激涕零了。

這樣的思考方式，就是演繹法。

把這個方法用到日常生活用處可多了。像是聽股票專家用線型分析告訴我們股票會漲還是會跌、聽算命師用紫微斗數替我們算命，靠著塔羅牌占卜命運，出門看天氣預報決定要不要帶傘，吃藥時看藥品說明書會有什麼副作用……這些，統統用的是演繹法。演繹法之所以重要在於：因為任何人一旦掌握了通則，就能利用「演繹法」預測出將來個別會發生的狀況。因此，這樣的人，也就比不知道通則的人，多出了掌握局勢的能力。

這樣的「演繹力」，也正是人類社會中，各行各業的領袖最基本、最必備的共同能力。

回到故事。我們發現，正由於大家對「演繹法」的慣性，讓我們開始有種預期：既然有了Luke這個通則，那麼侯文詠這麼說，雅麗小姐也理當感激涕零才對。不幸的，結果卻正好完全相反。

這樣的意外，當然是這篇文章最重要的伏筆和驚喜啦。

但新的問題又來了，我用「演繹法」去預期雅麗小姐對「親人說」的反應，為什麼會得到相反的效果呢？

「是因為雅麗小姐有問題嗎？」我問。

「才不是呢，」你說：「因為發生在Luke和他老婆身上的事只是個案啊，你把『個案』當成『通則』，當然行不通啊。」

「好，那請問，」我說：「要怎麼樣，才能算是『通則』？」

怎麼樣才算是「通則」呢？你想了一下。很好。你這麼想了一下，想的就是古典邏輯學裡另一個最重要的學問：歸納法。

先來回想一下。過去，我們常用的「通則」，到底都是怎麼來的？好比說：塔羅牌算命、紫微斗數、股票線型分析、天氣預報、藥品說明書……都是怎麼來的？

也許你會說：「其實來源不太一樣欸。」

「有什麼不一樣呢？」

「像是塔羅牌算命、紫微斗數啦，這是一類。而天氣預報、股票線型分析、藥品說明，這又是另外一類。前面那類準確度很難說，相不相信全在個人啦。至於後面那類的話，準確性就比較高一點。」

「為什麼同樣是通則，會有這樣的差別？」

「因為啊，前面那類你根本不知道說的人是根據什麼形成了這個通

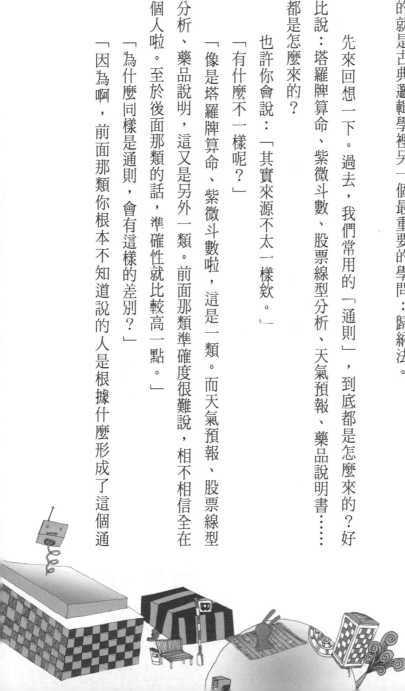

則。但後面那類，感覺上就比較有根據了。」

既然你說到重點了，我也就乾脆打破沙鍋問到底了。「怎麼個有根據法呢？」

「因為啊，它會蒐集很多個案，經過統計之後，找出共同的規律。這樣根據許多的經驗以及統計得到的『通則』，當然比較可靠。」

說對了。

既然所謂比較可靠的通則是：「蒐集很多個案，經過統計之後，找出共同的規律。」的話，那麼，為了測試一下大家的反應，我把這篇文章貼到我的facebook網頁去。

結果，一天之內，我得到了幾百個網友的留言反應。

很多人的反應是：

「女人其實很怕聽老公說『親人的感覺』，那就好像被看成『老媽』一樣！女人永遠想做老公的『親密愛人』。」

「侯大哥～這就是女人～^0^」

「我也是不要親人，我只要『ㄉㄨㄞ』『ㄉㄨㄞ』。」（女性網友）

從幾百個留言中，我注意到了一個新的「通則」，那就是：

一個結婚很久的男人如果要讓老婆繼續感激涕零的話，正確的選擇應該要稱讚她是「ㄉㄨㄞ」「ㄉㄨㄞ」，而不是「親人」！

統計大家的看法，形成通則，這樣的思考，當然更接近古典邏輯學中的「歸納法」。

什麼是歸納法呢？簡單地說，就是：

個案→通則

當然，如果要更嚴謹地證實這個「通則」，應該把它設計成問卷，大量地去作實際的調查，再利用數學統計的方法，算出這個通則成立的機會，這才能算「科學」。

很顯然地，用這樣的「歸納法」得到的通則，顯然可信度是比較高的。

這也是為什麼英國大哲學家培根（Francis Bacon）常常批評演繹不足以發現真理，而大力提倡「歸納法」很重要的理由。有了這種「歸納」出來的通則，將來任何一個像侯文詠這樣的「個案」，只要根據這個通則去做，得到成功的結果，顯然是比在沒有「通則」的情況下，自己胡搞瞎搞成功的機率多出很多的。

當然，歸納法除了很「科學」性地找出通則外，其實在日常生活中，也是我們用來記憶、掌握事物很重要的方法。舉個例子來說：

高中的時候背英文單字Phenomenon，背得很痛苦，後來英文老師發明了一個絕招，教我們把這個字拆成Phe-no-men-on，再把P改成S，就變成了She-no-men-on，「她沒人上」。這麼一來，不到一秒鐘，就把這個字背起來，不但背起來，一直到今天，這個字無論如何，都不會忘記。

為什麼會這樣呢？

這些字母原來是不相關的，但當我們在這些不相關的字母背後找到一

個原來熟悉的關係或法則時，這個字很容易就被我們掌握了。

同樣的，男人、收音機、眼睛、女人、電視機、耳朵、彩虹、尖叫

這八個名詞要背起來是非常困難的，但如果我們用歸納法把這八個名詞歸納成：

「男人是視覺的動物，女人是聽覺的動物。」

這八個名詞立刻變成了兩組：第一組「男人、眼睛、電視機、彩虹」，第二組「女人、耳朵、收音機、尖叫」。這兩組顯然比原來八個不相關的名詞容易記憶多了。

我們看到了，我們的大腦是很習慣用「群組」的方式在理解事情的。因此，在不一樣的事情裡，找到相同的關係或特徵，並且把些事情歸納成群組，我們就掌握了理解、學習，甚至是和別人溝通分享那些事情的最重要關鍵。

簡單地整理一下，從「演繹法」：「通則→個案」到「歸納法」：

「（個案）×n→通則」。我們看到，尋找答案時所用的推理原則，說穿了，就是針對問題，試著蒐集資料，把已知的部分找出來。

好比說：有了已知的通則，推測未知的個案。

或反過來，靠著許多已知的個案，找出未知的通則。

這就是我說的「給答案」的過程。

於是，有了自問的「問題」，再加上這個自答的「給答案」過程，就構成了完整的「思考」活動。

談到這裡，我們似乎把怎麼思考的方法都說完了。不過，不知道大家注意到了沒有？我們其實還有一個問題尚未解決。

「有嗎？」

「當然還有。」

我給個提示好了。現在回到「歸納法」。假設我發出了一萬份問卷，得到了的結論是：

「一個結婚很久的男人如果要讓老婆繼續感激涕零的話，正確的選擇應該要稱讚她是『ㄉㄨㄞ』『ㄉㄨㄞ』，而不是『親人』！」

但這個「通則」就一定是放諸四海皆準的真理嗎？有沒有可能，第一萬零一個個案出現了相反的結果？這當然是可能的。

萬一「通則」錯了，該怎麼辦呢？

很好啊。如果真的出現了這個錯，那是很珍貴的。

為什麼呢？

因為這個「錯」，讓我們對於原來的答案有了新的疑惑，讓「思考」又回到新的起點。換句話說，我們當初歸納出來的通則被推翻了，於是又重新地展開了「提問－找答案」這個「自問自答」的思考過程……經由這樣一而再，再而三的正反合、正反合的推論，我們有機會越來越接近「事實」，這也就是黑格爾提出來的「辨證法則」了。

「辨證法則」厲害的地方在於，它讓我們過去相信不渝的「對」、「錯」、「是」、「非」，不再是固定一成不變的。而是隨著我們碰觸到的現實，不斷地思辨、不斷地變動的一個開放性過程。

而這樣的變化、成長的過程，讓我們不斷地思考，不斷隨著外在現實的變動，得到最新、最好的答案。

而這也正是我們說「養成獨立思考的習慣」的目的啊。

殺菌燈的秘密揭曉

有人也許會問，這樣活著，一直在沒事找事，沒問題找問題，不是很累嗎？

一直用那麼麻煩的方式過下去的人生，真的會有什麼差別嗎？

（啊，還真是一個好問題呢？）

這個問題讓我回想起小時候，冰箱裡那個殺菌燈的故事。

到底冰箱關起來時，冰箱裡的殺菌燈會不會亮呢？

這個故事的下文是這樣的。

有一天，全家去郊遊回來之後，我發現了爸爸相機裡還有剩餘的黑白

底片（當時也只有黑白照片）。在家人不知情的情況之下，我偷偷拿了相機跑到阮媽媽家，請我的同學神不知鬼不覺地打開冰箱，讓我把相機對準殺菌燈，調好了十秒鐘的自拍功能，並且按下了快門鍵，關上冰箱。

當時的相片沖印的程序是必須先把整捲底片沖洗出來，然後再從沖好的負片中挑選影像，再決定要把哪些相片沖印出來。

沖洗照片的費用在當時是昂貴的。因此，當我的父母在沖好的負片上看到那一大團黑黑的光暈，完全搞不清楚那麼一張意外「曝光」的底片，到底是怎麼回事時，我自然也不會跑去主動告白。

但無論如何，負片上那一大團黑黑的光暈卻明明白白地回應了我的疑惑：

「當冰箱門關上時，那盞殺菌燈真的是會亮的。」

我永遠不會忘記，當我還是孩童，拿著那張有著一大坨黑黑的光暈的底片看時，心中那一股無法言喻，又覺得充滿了走進生命某種看不見的深淵或者核心的那種興奮。

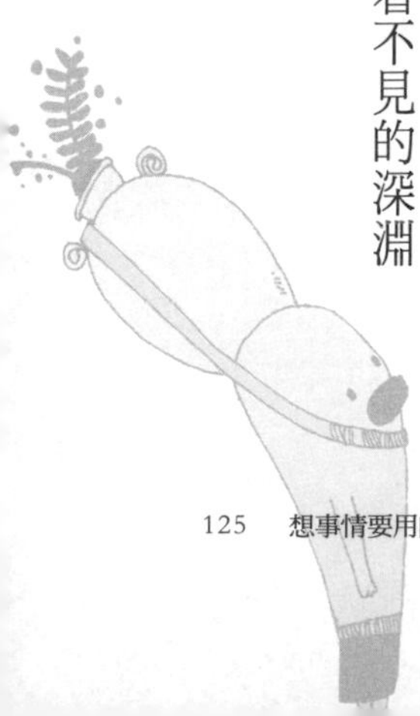

到現在為止，我一直沒有讓我爸爸媽媽知道這個秘密。那張殺菌燈的照片也從來沒有被沖印出來。更進一步地說，關於那個冰箱，我所知道的事，跟大家相信的，其實也沒有太大的差別。

可是卻因為我的生命裡，多了那麼一張關於那一大坨黑黑的光暈底片的記憶，讓我一輩子都是一個喜歡、並且追求用自己的腦袋想事情的人。

我相信是那樣的感覺，造就了我的人生最大的不同。

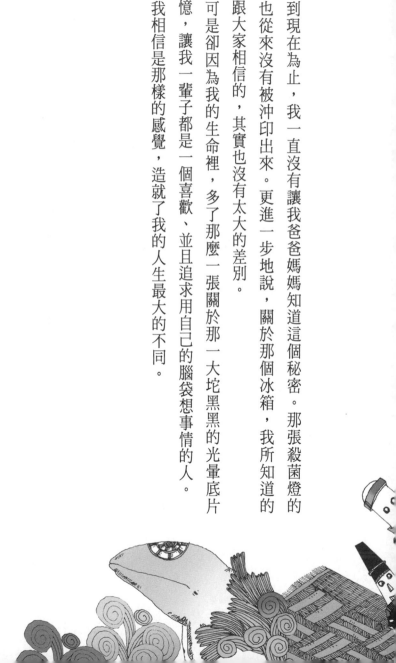

moon
I LOVE TV
I Love Dino
I LOVE Flower
I LOVE
PEACE

知道是一回事，做到又是另一回事……

當我們做一件事覺得不耐時，其實我們已經失去對此時此刻的專注啊。
一旦如此，哪怕只是幾分鐘，也覺得時間太長，反之，心念在此時此刻時，
就算天長地久，也覺得時間不夠長啊。

我的好友蔡康永曾經寫過一段文字是這樣的：

十五歲覺得游泳難，放棄游泳，到十八歲遇到一個你喜歡的人約你去游泳，你只好說「我不會耶」。十八歲覺得英文難，放棄英文，二十八歲出現一個很棒但要會英文的工作，你只好說「我不會耶」。人生前期越嫌麻煩，越懶得學，後來就越可能錯過讓你動心的人和事，錯過新風景。

這話說的是：「千金難買早知道。」早知道當然很重要，但在我看來，這個部分的遺憾還不算最大。

為什麼呢？

因為「不知道」，也就沒有接下來「做得到、做不到」的問題了。更何況，人生如果說一定得事先把所有的能力準備好，等在那兒才行，那還真是可怕。

因此，「不能早知道」是人生之難免，但一旦碰到了這個難免，更重

要的重點卻是：「知道之後」又如何呢？

十八歲發現游泳很重要，所以呢？二十八歲知道英文很重要，然後呢？

大部分的人就算「知道」了，其實多半還是做不到的。這是人生最大的矛盾之一。

明明鬧鐘響了就該起床了，再不起床就要遲到了，可是還繼續賴床，搞到最後鬧鐘只叫醒了一根手指；或者，明明考試到了一定要好好K書，可是到了前一天，什麼都讀不下，狠狠地又跑去看電影；明明知道對爸爸媽媽大吼大叫是不孝順，可是就是忍不住……

為什麼「知道」了，卻老是「做不到」呢？

「知道」的是自己，「做到」的也是自己，說起來，沒有比這兩者更近的距離了。但話又說回來，知道卻無法做到，基本上和「不知道」或者「做不到」是沒有什麼兩樣的。

因此我說：知道是一回事，做到卻又是另外一回事。

接受事實

回到學游泳、學英文的例子。為什麼明明知道很重要，卻做不到呢？首先，這就牽涉到對現實認知是否接受的問題。過去魯迅曾寫過這樣的人物，叫做「阿Ｑ」。他被有權有勢的人打了，不敢反抗，事情過後，自己告訴自己：

「我總算被兒子打了，現在的世界真不像樣……」

這種「精神勝利法」就是扭曲現實、藉以否認問題的心理防衛機制。現實一旦被扭曲，問題得以被否認，事情也就不存在了。

同樣的邏輯，放回學游泳、學英文的例子也是一樣的。大部分不想改變的人，最普遍的做法就是先扭曲現實，然後再加以否認，並且合理化自己不改變的行為。好比說：

好吧，不會就不會，反正此處不留爺，自有留爺處。不用爺是你們的損失，不是我的損失！

或者：

會英文有什麼了不起？我最看不起只會靠著洋人狐假虎威的人了！我才不想變得像他們那樣無恥呢。

再不然是：

沒看到被淹死的都是會游泳的嗎？傻瓜才學游泳。

直接「扭曲」現實，以便「否認」問題的存在。這是所有的自我防衛機制中最不需要腦袋的方法了。

當然，所謂不存在，問題仍然還是沒有解決，這樣的「合理化」說穿了只是一種「自我感覺良好」的逃避。萬一開始逃避，事情當然不可能往「做到」的方向前進，到最後，一切無非又退化回「不知道」或「做不到」的狀態罷了。

還有一種人，並沒有那麼缺乏「現實感」，也知道必須「面對現實」才行。問題是理性明白了，情感還是不肯接受，因此三心二意地猶豫著，做也不甘心，不做也不甘心。

過去在我的實驗室裡有個研究助理，跟我請假兩個月，說是要準備研究所考試。通常只要是上進的事情，我當然樂於支持。

請好假之後，她雖然不用工作了，可是仍然每天帶著書來實驗室讀。沒幾天，我就注意到她邊讀邊唉聲嘆氣的。

我問她：「考研究所不是妳的心願嗎？為什麼讀書讀得唉聲嘆氣的？」

她說：「我是想考研究所沒錯。可是我又覺得花兩個月時間準備，好浪費時間噢。」

「如果不想浪費時間準備，那乾脆放棄研究所考試好了。」

「不行啊，」她說：「這麼一來，放榜之後，萬一看到別人考上，我會不甘心的啊。」

任何人，只要有了這樣「讀也不甘心，不讀又不放心」的心態，接下來只好開始用「自我欺騙」來安慰自己了。

好比說：心不在焉地去參加補習班，或者每天帶著書來實驗室或Ｋ書

中心唸書，但卻整天唉聲嘆氣，到處和別人聊天……

我看她這樣根本不是辦法，於是把她找來，問她：

「這樣好了，當作是一個賭注好了，總要有個籌碼吧？請問，花多少時間的籌碼準備考試，萬一賭輸了，妳也覺得是可以接受的？」

她想了想說：「一個月吧。」

我說：「既然如此，妳好好地去玩一個月再說吧，一個月之後，再回來衝刺。」

「可是只準備一個月，會不會考不上？」

「反正情況也不會比現在差到哪裡。」

研究助理聽了之後，笑了起來。

隔天起，她真的不來實驗室，旅行去了。

高高興興玩了一個月之後，她總算又回到實驗室來了。我問她：「玩得開心嗎？」

她點點頭，告訴我：「我現在可以準備考試了。」

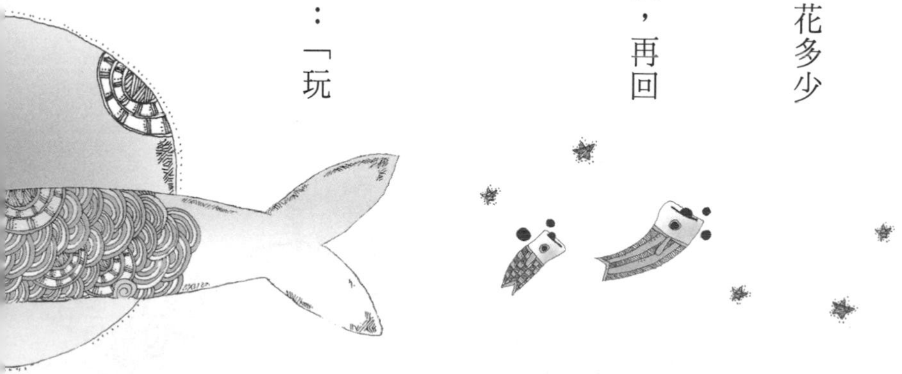

從此之後，她每天乖乖來實驗室報到，用功K書，參加考試。幾個月放榜之後，她不但考上了研究所，而且還以第二高分被錄取了。

她逢人就告訴人家我教她的這個方法，還說：

「你不知道啊，玩了一個月下來，全身充滿罪惡感，開始準備考試，用功的程度竟然我自己都嚇了一跳。」

老實說，我其實一點也沒有把握，她花一個月時間準備考試是不是一定考得上研究所。但我確信的是，如果她不找一個讓自己「心甘情願」唸書的理由（哪怕再爛），她的成績一定也好不到哪裡去。

人是很奇怪的動物，**一旦少了「心甘情願」的理由，就算是自己「硬逼」自己，到最後，還是會想出很多逃避的藉口來自我欺騙的**。一切就像馮翊剛、宋少卿在相聲裡改編李白的詩〈怨情〉裡說的一樣：

大胖美人捲珠簾，廚房深坐蹙蛾眉，吃飽但見淚痕濕，變胖不知心恨誰？

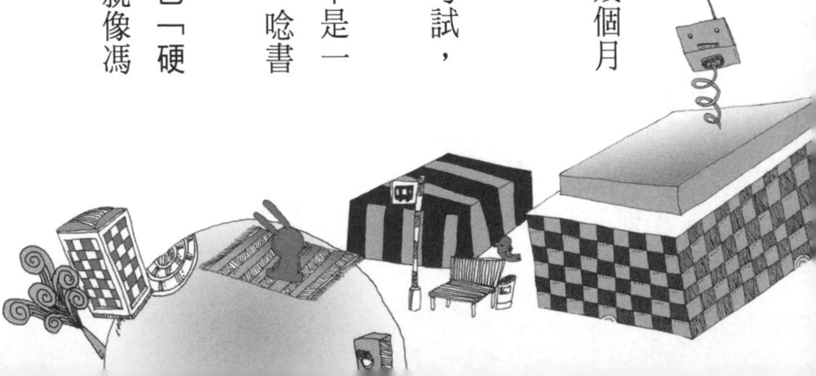

唉，「知道」的自己被「做不到」的自己騙了，能怨誰呢？

如果說從「知道」到「做到」是一趟旅程的話，那麼「接受」有點像是這趟旅程的第一道關卡。這個關卡，劃分出了人的內在與外在的世界。換句話，在「接受」之前，一切還在「內在世界」的城牆裡打轉。在這個城牆裡面，全都是「自己」加諸於「自己」的問題，必須先過了這關，才能走出「內在世界」，面對外在的現實世界的挑戰。

構想規劃是獨家地圖

就像旅程需要有張地圖一樣，面對外在的世界，當然，最先需要的就是一個「構想」、「規劃」。

也許有人會說：

「幹嘛要有構想？反正計畫永遠趕不上變化啊，來什麼再應付什麼不就得了？」

事實上，有沒有構想規劃，在執行時，差別是很大的。

有三個理由：

首先，**有了全面的構想規劃，自己對於時間、資源可以有更完整的掌握。別人也因為清楚你的構想規劃，因此可以適度地加入必要資源和意見。**

有次我的小兒子野心大發，跑來問我：「下次考試我想在全校排名進步五十名，你有沒有什麼好方法？」

我說：「有。」

「怎麼做？」

「你先告訴我，如果要進步五十名，總分大概要進步多少分才行？」

他去查了一下名次表，跑回來跟我說：「總分要進步大概六、七十分才行。」

「好，你去算一下，如果總分要進步六、七十分，你覺得依你的能力，你的各科成績應該各進步多少分，可以達到目標？」

他跑去算了一下，給了我一個各科成績「應進步」的分數表。

「好，把從現在開始，到考試前一天，你想考到『應有』的分數，該花費的時數、以及準備的科目、時問都寫下來。」

他懷疑地問：「就這樣？」

我說：「就這樣。」

「真的？」

「你先去規劃嘛。規劃好你就知道我說的是真的了。」

他花了一個晚上的時間做計畫表，做完了跑回來告訴我：

「爸爸，依照現在這個樣子，我的準備時間根本不夠。」

「為什麼不夠？」

「就算我從星期一到星期五每天都花二個小時準備考試，這樣也才十五個小時。可是如果週六、週日一天花八個小時唸書，那麼就有十六個小時了。」他說：「我發現我到了禮拜六、禮拜天都在玩，難怪少了一半以上的準備時間。」

「那該怎麼辦？」

「如果要安排足夠的時間唸書的話，我得把時間排進禮拜六、禮拜天才行。」

「這樣行嗎？」

他點點頭說：「為了進步五十名，也只好這樣了。」

大家看到，事先規劃最大的好處不在於那個規劃本身，而是整體規劃讓我們有機會掌握全盤的狀況。這樣的掌握，除了排定行程外，更重要是能夠事先對資源、時間的「投入」和「需求」做過一次全盤的「沙盤演練」。

這樣的沙盤演練，不但能使行動更切合實際的需求，同時更能提早發現整個計畫中，需求與資源間的落差，並預作補救。

此外，必須事先有構想規劃的第二個理由是：

就算預定的情況發生了變化，事先有構想規劃的應變能力，還是比沒有好很多。

我未婚時，曾經有次和雅麗小姐約會，說好要到平溪、菁山一日遊。

儘管我用心安排，但那次才出台北，汽車底座就卡到路面突起，造成了汽車

拋錨。看到雅麗小姐一臉不悅的表情，我心想，完蛋了。

我很沮喪，連忙打電話找人把汽車拖到附近修理廠。

修車廠的技術人員檢查了之後，告訴我變速箱壞了。估計大約要花半天的時間，才能修好。

少了汽車，我所有開車兜風、旅行的計畫顯然完全泡湯了。

不過這時我忽然想到，在我安排行程的過程中，查了很多資料備而不用。如果沒有記錯的話，附近應該可以坐小火車，並且搭乘小火車，用不一樣的方法繼續旅行。

我一點也沒想到，這個意外以及無心的準備，開啟了另外一趟更有趣、更意想不到的旅行。我們不但玩得更開心，整個行程，也因為充滿了未知以及必須共同探索的趣味，讓我們的戀情更加快速地提升。

到了傍晚時，我們回到修車廠時，汽車已經修好了。我們開著汽車回家，還盡興地一起共進晚餐，聊到深夜。儘管多出了一些修理費，可是根據雅麗後來的說法，那次是我們早期約會時，很重要的一個突破，也是一個重要的回憶。

我在想，如果當初沒有事先找資料、做規劃的話，那麼就算我有再大的應變能力，這場意外的旅程，也不可能那麼圓滿的。

因此，很多時候，就算計畫真的趕不上變化，一旦變化發生時，規劃過的人事先因為蒐集過資料，對資源有更全面的掌握，因此應變起來，自然也比沒計畫的人迅速許多。這就是「有規劃」和「沒規劃」最大的差別了。

最後，也是最重要的第三個理由。為什麼要有構想、規劃呢？因為：

構想、規劃是一種面對自我的書面承諾。

一份深思熟慮，外加充分的細節的行動方案，當然和只是隨興地說：「我決定了。」是完全不同的。在我看來，一份好的規劃，是未來的自己對現在的自己的期望、要求，同時也是現在的自己答應未來的自己必須盡到的責任、義務。而把這份規劃寫出來，也正是現在的自己和未來的自己簽定的一份合約書。

上台演出吧！

寫了規劃構想之後，下一步當然就是「行動」了。

用演出的概念來思考，如果寫下構想規劃的自己是「編劇」的話，那麼「行動」的自己就是負責演出的演員了。

那麼，行動的過程中最重要的是什麼呢？

曾經和我合作過電視劇「危險心靈」的導演易智言認為對一個演員的表演來說，最重要的，就是「誠實」。

他所謂的誠實，指的是演員用自己真實的情感演出他的角色。

有一次，我忍不住問：「演戲的角色本來就是假的，叫演員怎麼誠實呢？」

「演戲當然是假的，」他說：「可是好的表演得要有真實的感情才行。」

「問題是當演員根本沒有經歷過的情況下，怎麼可能有真實的感

情？」

「就算沒有經歷過，你還是可以從生活經驗中找到一種真實情感，用這樣的情感去詮釋你的角色。」

我還不甘心，繼續追問：「那如果你的角色是外星人呢？」我心想，演外星人總不會有什麼真實的情感了吧？

「外星人？」他想了一下，「雖然你沒有看過或經歷過外星人的人生，但是你一定可以在你自己與外星人之間找到一種共同的情感。」

「和外星人共同的情感？」我問：「像什麼？可不可以舉例說明？」

他點起了一根煙，抽了起來。

「你來到地球，和別人長得都不一樣，別人用異樣的眼光看你。你一定有過類似的感覺，覺得自己因為和別人不同而感到被孤立，孤獨……只要去發掘，我們跟任何一個角色一定都有共同擁有的情感啊，怎麼會沒有呢？」

這個所謂的「誠實」態度就是他對演出的基本要求。

把這樣的態度，拿到我們說的「行動」，也是一樣的。對於我們的行動，你有一種像演出時要求的「誠實」一樣，擁有和自己內在連結的真實情感。

我就曾想過，執行攻堅、逮捕槍擊要犯的警察，內在真實的情感，怕不怕死呢？

如果怕死的話，怎麼可能戰勝槍擊要犯呢？

為了這個疑惑，我曾請教過向來有鐵漢之稱的前警政署長侯友宜先生，他的回答是：

「攻堅的時候，我想的是工作，死亡固然是這個工作的一部分，但工作就是工作，不能分開一塊一塊想。你只能做好最完善的計畫，相信那個計畫最能顧及大家生命安全，然後全心全意投入。只有這樣，才能把工作做好。也只有做好工作，才能避免死亡發生。」

我們說過，一個演員扮演的角色和他自己的內在之間，必須找到一種「誠實」的連結，這樣才能夠在演出時表現出真實的情感來。同樣的，這個

「誠實」的連結，對攻堅行動時的侯友宜來說，就是：相信那個計畫，然後把一切放下。

有了這樣的態度，在執行任務時，想到的就不再是「死亡」，而變成了如何更專注在那個攻堅的戰略裡，投入更大的力量、發揮更大的戰力。

換句話說，**任何行動者，都是扮演某種「角色」的人**。儘管這樣的「角色」未必和自己的個性是一致的。但在行動前，每個人都必須認真地在腳本的角色與自己之間，找出一種真實的情感連結。像一個間諜堅信他的作為為了保護自己的國家、家人，像辛苦父母親相信這是為了讓自己的兒女可以有更好的生活、未來，像是一個跳水選手想像他是一隻從水面躍起，在空中翻滾的海豚……

有了內在的真實情感，才有態度。態度讓行動變得有靈魂，而有了有靈魂，發揮出來的力量才能超乎預期。

在戲劇中，訓練演員表演能力時，為了幫助演員進入角色，要求他們

要有：一、孤獨感。二、專注於此時此刻。同樣的，這些方法對「行動力」也有異曲同工的幫助。

一、孤獨感：

對演員來說，所謂的孤獨感，是讓自己安靜，回到內心世界的一個做法。在拍攝現場雖然有服裝、化妝、美術、攝影、製片……一大堆工作人員，但外在這個嬉鬧的世界和劇本裡面的世界是無關的。一個好演員要保持一點「孤獨感」，讓自己從那個和劇本無關的世界抽離出來才行。畢竟當演出開始時，只有你自己才能扮演你自己的角色，別人都幫不上忙。

回到人生也是一樣的。

很多時候，和大家嬉嬉鬧鬧、打成一片不是壞事。但每個人心中都有屬於自己內在的劇本以及設定的角色。當這些劇本開始演出時，你的角色別人真的是幫不上忙的。因此，擁有那個「孤獨感」的認知，真的是很重要的。

我記得有次康永問我：「我身邊大部分的朋友開始寫劇本或長篇小說

時，很難不給別人帶來災難，他們不是一天到晚打電話來討論，就是心情低落發出求救訊息，你好像從來不曾這樣？」

事實上，當我寫作發生困頓時，我最常做的事情不是去找別人，反過來，我常常離開電腦，換上體育服裝，一個人去公園慢跑。靠著讓自己流汗、喘息、跑啊跑的……讓自己慢慢回歸到自己內在的世界，把失去的孤獨感慢慢找回來。

事實上，寫作時所能遭遇的困難，不管是情節的問題、出版時間的緊迫、市場的期待、現實生活的干擾……這些外在的紛亂和你故事中的角色，多半是不相關的。因此，必須找回那種行動時的「孤獨感」，我們才能重新回到故事中「角色」的真實。

也唯有擁有這樣的孤獨感，我才有能力繼續坐回電腦前，回到故事裡的世界，繼續寫作。

二、專注於此時此刻：

大家小時候應該都有這樣的經驗吧，背書的時侯，老師教我們把課文

分成許多段落，每次只背熟一個小小段落。就這樣，很快地把一個一個小小段落背起來了。最後，再把所有背熟的段落串連起來，一大篇文章竟然就背完了。

乍看之下，分開一小段一小段背，再合成一大段，和整大段一起背，似乎沒有什麼差別。但事實上，兩者的效果差別很大。

為什麼呢？

因為背誦一大段時由於需時較長，容易分心、煩躁，掉進無法專注的惡性循環。而改成一小段一小段背誦時，因為需時短，容易保持「專注」，因此容易有成就感，造就了「專注」的良性循環。

回到人生，道理也是一樣的。我們常常抱怨事情又多又難，但多半時候，往往只是我們無法專注而已。專心能夠造就「行動力」，有時遠超乎我們的想像。

我記得有一次，我曾經請教過已故的聖嚴法師：

「師父會不會覺得事情好像永遠都做不完啊？」

「永遠都做不完啊。」

「永遠都做不完時該怎麼辦？」

「放輕鬆，讓自己專注就好。」師父說。

「怎麼樣才能放輕鬆又讓自己專注？」

「好比從法鼓山走到金山，一路上我都把心念放在腳步上。走這步時，想著『這一步』。走穩這一步之後，再抬起腳穩穩地走下一個『這一步』。只要把心念綿綿密密地放在『這一步』，就沒有過去，沒有未來。這樣，時間消失了，疲累的感覺也消失了。再遠的路，不過就是剎那之間的距離。」

聖嚴法師提供了我們一個完全不一樣的觀點來看待時間。

事實上，不管過去、現在有多長時間，我們能擁有的永遠只是此時此刻而已。因此，當我們做一件事覺得不耐時，其實我們已經失去對此時此刻的專注啊。一旦如此，哪怕只是幾分鐘，也覺得時間太長，反之，心念在此時此刻時，就算天長地久，也覺得時間不夠長啊。因此，聖嚴法師才會說，

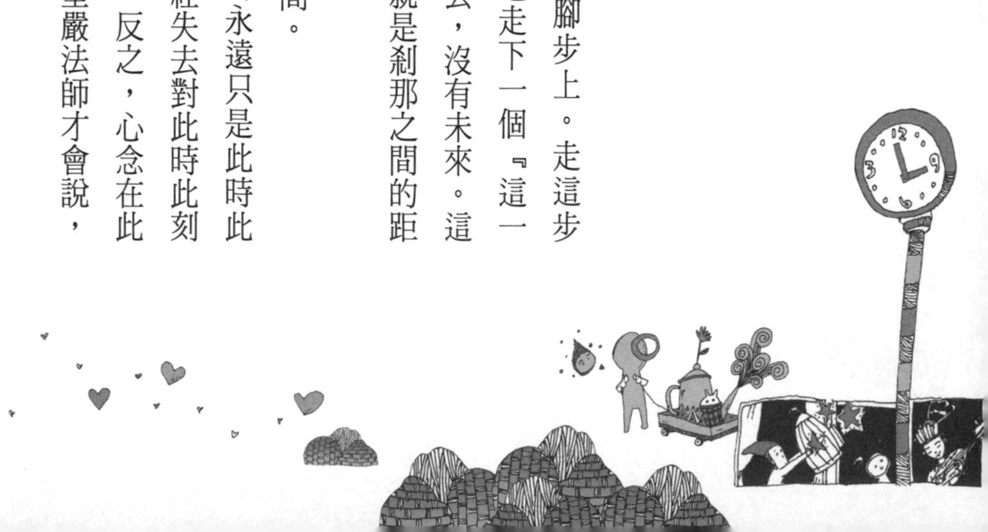

只要把心念綿綿密密放在「這一步」，再遠的路，不過就是剎那之間的距離。

這話真是再真實不過的至理名言啊！

有了和內在真實情感連結的態度，如果再加上專注，在行動時所能產生的力道，很多時候是非常驚人的。

曾經有個學柔道的朋友告訴我，在遇到對手用手「掐喉」制約他時，他總是告訴自己：他寧可昏迷，但不投降。他說：

「對手掐著你的脖子時，你雖然喘不過氣來，但是由於人的手掌很難長時間全力緊繃，因此對方其實也不見得舒服。因此，雖然你被掐住脖子，但你不見得處在弱勢。換句話說，這時的輸贏全在誰的『意志』贏過對方。」

「問題是，當你眼看就要吸不到氣昏倒時，你怎麼能讓自己不恐懼呢？」

朋友說：「如果你能把注意力專注到最重要、也是最簡單、最小的一個細節，這樣你就沒有時間想到恐懼這件事了。」

「像什麼事？」

「專注地感受對方手勁的力道，儲備你所有奮力一擊的力氣，對手的手勁一轉弱的那一剎那，就是你展開反制的最好時刻。」

說來很神奇，當你真的專注到忘記「恐懼」的程度，對手開始對你感到敬畏。

我的朋友被鎖喉的機會儘管不少，但由於他這樣的認知，根據他的說法，在柔道生涯中，他不但從來沒有過昏倒的紀錄，而且總是能夠化險為夷，甚至擊敗對方。

回首初衷

儘管有了構想規劃與行動，但很多事情執行了之後，發現結果不一定如我們預期，很多時候，行動也未必符合預期，特別是事情變得窒礙不前或

索然無味時，該怎麼辦呢？

我的做法通常是讓自己回到一開始的初衷。面對這個初衷，把事情重新再思考一次。

愛一個人的理由，相處這麼久之後，現在是否依然沒變？當初從事這個工作時的動機，現在是否還擁有？一起為了某個目的展開的活動，現在是否朝向那個目的在進行，或者已經完全失焦……

如果發現自己已和初衷、或者原先預定的目的漸行漸遠，這時就要重新思考，自己考慮退場，或轉進，在我看來，任何違背初衷的行動，都應該停下來重新考慮，並且做出調整——不管是停止，或者是改變「行動」的方向。

這是「退一步海闊天空」的道理。但如果發現初衷還在，那麼往往就是自己不夠精進了。這時找個學習計畫，或能讓自己更精進的計畫全力以赴。很快就會發現，樂趣又回來了。這又是「爭一時風平浪靜，進一步海闊天空」的道理了。

總之，「初衷」有點像是這趟旅程的「羅盤」，也是一種內在的自我覺察。就算有了地圖、規劃，也有了行動力，少了這個羅盤，我們最終還是可能因為方向的偏差，到達不了最初想去的目的地。

因此，每次行動之前，如果能夠清楚地看見自己的「初衷」是什麼，那麼，在前進的過程中，我們就永遠能夠不斷地審視行動的結果。並且很清楚地知道，行動的結果，是靠近了那個目的地，還是遠離了？

因此，「回到初衷」是檢驗我們的行動最值得信賴的標準，是最簡單，同時也是最後的一道底線。

最容易也最難的事

從接受、構想、行動到回首初衷，有了這些，就保證一定能夠從「知道」抵達「做到」嗎？

我說：我當然不能保證一定抵達。

你問：那誰可以保證？

我說：只有你自己可以。

你說：我自己？

對。就好像小時候玩「連連看」一樣，這些點雖然隱藏了一幅美麗的圖，但是這幅圖到底長成什麼樣子，還是需要你自己拿起筆，用線把它連起來。而說了半天，接受、構想、行動到回首初衷只是這幅「連連看」上面的點，要完成這幅美麗的圖，還得靠你自己拿起人生的筆，連結所有的點才行啊。

再沒有比那更難，也沒有比那更容易的事了。

別讓快樂輸在起跑線上

就算有比海洋還多的淚水，就算有那麼多必須接受的生離死別，
只要是活著，呼吸著，在這場人生的盛宴裡，
有什麼理由不能要開開心心的呢？

常聽人家說：不要輸在起跑線上。我想說的卻是：不要讓快樂輸在起跑線上。

為什麼是快樂，而不是課業不能輸在起跑線上呢？

答案很簡單，因為課業就算輸在起跑線上，將來如果有需要，要追補都還有機會，但快樂這樣的氣質卻是從小就必須養成。一個童年情感受到創傷、或者發展出憂鬱性格的人，將來無論如何學習，要變回快樂，都是非常不容易的。

可是，有人難免要說：問題是成績比快樂重要啊。我說：不對，當然是快樂重要。為什麼呢？因為成績是一時的，而快樂卻是一輩子的事情啊！

可是，又有人要反駁：難道因為快樂，而沒有成就，也可以嗎？

不曉得為什麼，大家覺得要有成就一定要變得不快樂。事實上，兩者是不互相牴觸的。大家有一種想像，覺得讀書、學才藝一定是不快樂的，因此，要不快樂才能成績高、要不快樂才能才藝好。可是事實是，書要讀得好、才藝要學得通透，多半是因為學習的過程中，得到快樂、回饋的緣故。

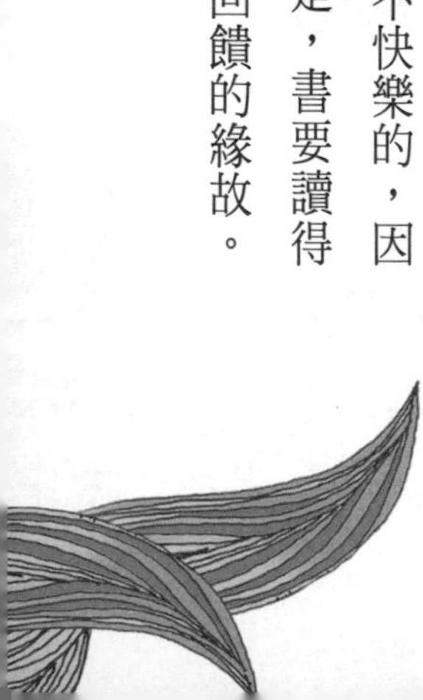

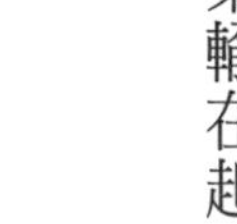

只要是自己喜歡的，很少有人是不快樂，或者不努力、學不好的。不喜歡、不快樂的人，就算短時間內因為滿足延遲，因而得到好的成績，這樣的成績也無法長期持續。話又說回來，如果有人真能夠靠著不快樂或意志力，而擁有一輩子好成績，這樣的好成績還真是人生最大的悲哀呢！

因此，在我看來，什麼事都可以慢慢來，但只有快樂是絕對不能輸在起跑線上的啊！

快樂是對抗挫折、憤怒的能量

很多人把快樂當成像是金錢、名氣或權力一樣，是外在、可以追求、得到並且擁有的外在的事物。但這完全誤認了「快樂」的本質。在我看來，快樂不但不是外在的事物，反過來，還是一種內在的心理素質。

一個快樂的人，不在於外在擁有什麼，反過來，在於他的內在的心理狀態總是樂觀、積極的。這樣的人，不管發生了什麼事，總是釋放出正面能量，總是能讓周遭的人感受到溫暖、喜悅。

反過來，一個悲觀的人，即使外在擁有再多，也無法讓他感到快樂、幸福。

因此，如果問我快樂是什麼，我會說快樂很接近一種能量。

什麼樣的能量呢？

首先，它是一種對抗挫折、憤怒的力量。

不快樂的人的內在世界，是狹隘的。因此，當不快樂的人受到挫折時，本能便訴諸意氣，不經思慮就貿然行動，導致後悔莫及的後果。反過來，快樂的人，因為擁有開闊的內在世界的空間，擁有一種面對挫折時，能夠自我緩衝的空間與氣度，這樣的空間，能讓挫折或被激發的憤怒得以消融、沉澱，並且找到圓滿的解決方式。

有人或許要問：這樣的氣度與空間可以學習嗎？

當然。人的快樂與否，固然受到先天遺傳影響很大，但後天的學習與練習，一樣可以幫助我們創造出快樂積極的人生。

聖嚴法師曾說過一個故事，他問大家：如果你是正在趕路的旅人，遇

見狗擋在路中間對著你吠。你會怎麼辦？
（A）害怕、停止，不再前進。
（B）也對著狗吠，看看到底誰怕誰？
（C）不理會，繞路繼續前進。
毫無疑問的，大部分的人面對這個問題時，很容易就選擇了（C）不理會，繼續趕路。這當然是最理性、也是最簡單、省事的辦法。但問題是，回到現實生活，如果把挫折、憤怒的情緒當成那隻狗的吠叫聲，很多人的反應，就變成（A）或者是（B）了。
為什麼呢？
因為當情緒被激發時，它的速度是遠比理性的思維還要快許多的。也就是說，在我們還沒來得及思考之前，情緒已經抓住我們的行動中心，訴諸行動了。
選擇（A）或是（B）當然會招來許多後遺症，但情緒來了，本能可

管不了這麼多。於是造成了我說的破壞性的「惡性循環」。

這樣的惡性循環，就好像我們第一次浸泡在水裡學游泳時，本能害怕會讓我們掙扎、不正確地用力。但越是掙扎，我們卻越往水裡沉沒。要打破這樣的「惡性循環」是需要練習的，就像游泳一樣，標準程序雖說不難，但只有經過一定的練習，我們才能學會放鬆、漂浮，並且在水中自由地前進。

在日常生活中，怎麼開始這樣的練習呢？面對突如其來的挫折情緒，第一個最重要的步驟是：

切斷情緒與行動之間的聯繫。

這也就是說：在自己能夠冷靜地思考事情之前，千萬不要用行動去反應這個情緒。

行動上沒作為，並不是表示忍耐、退讓，而是把情緒暫時留在心裡，讓理性思維有時間追上來。等理性思維可以開始運作，經過思維與判斷之後，再出手反應。

有人問：這樣會不會失去了第一個最重要的反應時間呢？

我的看法是：這樣固然可能造成了第一反應時間的喪失，但這樣的損失，遠比在第一反應時間做了錯誤反應好很多。

為什麼呢？

因為多半的時候，失敗很少是致命的。往往是對失敗錯誤的反應，導致了致命的結果。因此，為了避免這個致命的結果，寧可錯過第一個反應時間。（除非這件事已經事先預料到，而且也在事先想好了應對之策。）

如果切斷這個聯繫真的很困難的話，你可以默數，或做任何需要專注、也能專注的事（打電玩、削水果皮、整理抽屜……都可以），任何能讓自己專注的事，只要不對事情產生立即反應、行動的方法，都好。

過去我們要達成一件事，多半是更積極、更用力，但這個練習正好相反，只要用對方法，然後放鬆就好。

接下來，第二個標準程序是**跳脫「我」的觀點，用更全面性、更全知的觀點，把事情的來龍去脈仔細想個一遍。**

好比說：被人指責了，心裡老大不爽，開始跳出自己被指責，換個觀

點想：為什麼別人要指責我？是我的行為被誤解了嗎？如果是這樣，這個誤解，對我的影響是什麼呢？如果非澄清不可的話，有什麼機會呢？

如果沒有誤解，那麼是我做錯了嗎？如果是，挨罵當然難免。或者，我其實沒有錯，只是對方用完全不同的標準在批評我？

果真如此，對方不同的標準是什麼？為什麼會有不同的標準，是因為我們的立場不同？信仰不同？出身文化背景的不同？或者，對方這樣指責，其實另有目的？他的目的又是什麼？

這樣的思慮，也就是利用理性，把情緒轉化為行動的過程。

曾經八度獲得全美西洋棋冠軍，以及世界太極拳冠軍的喬希維茲勤（Josh Waitzkin）在他的《學習的王道》中曾經講過一個故事。他在武術大賽中，被一個靠小動作的對手搞得差點情緒失控。有好久時間，他都沉浸在一個思維裡，轉不出來，那就是：對方太過分了。但一直掉在這個思維裡，不但不能解決問題，反而只會讓自己變得更沮喪。

有一天，他忽然想到，與其抱怨對方，不如先回頭面對自己「技術」上的弱點。

換句話，不是要求對方不可以犯規，而是接受這樣的事實。既然場上永遠有怪人，那麼與其要求怪人不出現，還不如想法子在技術面加強，把自己提升到就算是對手犯規，也能應付自如的境界。於是喬希維茲勤開始針對這些犯規動作強化自己的練習。

這樣過了一年之後，我再度到聖地牙哥衛冕全國冠軍，果不其然，我又在決賽遇上去年那個對手。和去年的情況很類似，我一開始就掌握住他，化解了他的攻勢，拉大領先的幅度。不一會兒他變得情緒化，開始用頭錘進攻。但這次我的反應和去年大相逕庭，我一點也不生氣，只是順著他的攻勢，把他拋出場外。

換句話，一旦作了這樣的心理調適之後，喬希維茲勤開始能自在地去學習，也開始拋開了情緒，真正進入解決問題的正向循環。

人家說：化悲憤為力量。

在我看來，這句話並非說有了情緒就有力量了。而是說：必須存在一個空間與氣度，讓情緒能夠消融、沉澱，讓理性能有充裕的時間作出思考與判斷。

一旦冷靜地想好對應的行動方案時，先前被切割的行動與情緒自然可以再度連結，一起努力，找出新的、更好的出口。這才是真正的「化悲憤為力量」的態度。

而這樣的轉換，也就是我說的：調和挫折、憤怒的能量。

快樂是轉念的能量

當然，有很多時候，無論我們再努力，就是無法改變外在的現實。

有人問：在這樣的情況下，我們又如何能夠快樂得起來呢？

事實上，我一點也不覺得只因為外在事物無法改變，我們就不能夠快

樂。在我看來，儘管外在的事物狀態無可改變，但只要人的心念改變了，面對同樣的事情，感覺就可以很不一樣。舉例來說：

我曾經在門診發現一個五十幾歲的病人患有高血壓，於是開高血壓的處方給他，並且強調控制高血壓的重要性。

病人有點沮喪地問我：「我這藥是不是要吃一輩子？」

「有可能。」我點點頭。

「如果一輩子都得吃藥，」他說：「我的人生不是完蛋了嗎？」

我意味深長地看了他一會兒。心想，我得跟他談談，否則他不會好好吃藥的。

「你吃飯嗎？」我問他。

他點點頭。有點莫名其妙地看著我。

「只要藥沒有副作用的話，你就把它當成飯好了。」

「當成飯？」

「是啊，我們一天要吃三次飯才能活下去，從來也不覺得難過。不是

嗎？」

「可是，飯是幫助我們的啊。」

我對他說：「藥也是幫助你的啊。」

他笑了起來，對我說：「我懂了。」

說完拿了處方箋，開開心心地去領藥了。

生而為人，誰不需要依靠一些什麼才能活下去。我們都需要喝水、也需要空氣、陽光，或許還需要一朵小花呢。轉個念頭，就算吃藥，也不代表人生就沒有資格活得開心、有滋味啊。

或許因為寫過一些幽默的小品，因此常常被問到：

「你怎麼學會用幽默態度面對人生的？」

一提到幽默，很有趣的，我直覺想到的不是笑聲，反而是佛經裡面的一個問題：

「這個世界上，到底海洋的水多，還是人流過的眼淚比較多？」

我第一次被問到這個問題時年紀還很小，當時想都不想，立刻就回答：

「當然是海水多。人的淚水怎麼可能比海洋多？」

後來我長大了，有很長一段時間在台大醫院當醫師。每天從開刀房走回我的辦公室，都要經過加護病房區，那個地方外面總是坐滿了焦急的家屬，常常我經過的時候，就見到有人在哭。

我每天都在同一條路上來來去去，每天都見到了不同的人，坐在同樣的地方，用著差不多是同樣的方式哭著。

我就這樣走著，走著，直到有一天，我忽然理解了：

原來這個世界上，人流過的眼淚，比海洋的水多得太多了。

不只淚水，連煩惱、被誤解、挫折、分離、失去、傷心、痛苦……恐怕也都比海洋的水多得多。我的人生就在那個領悟之後，一點一滴比較深刻地體會到了所謂「幽默」這件事的。非得有那麼多麻煩不可的人生，當然沒什麼理由不為自己找到一些可以開心活下去的態度。

因此，就算人生有很多事情無法改變，我們還是可以快樂的。

我的朋友，已故的舞蹈家羅曼菲在癌症末期併發腦部轉移時，接受脊椎穿刺檢查，後來發生了穿刺後頭痛。我去看她，她問我這個麻醉科醫師：

「為什麼會這樣呢？」

我向她解釋，通常這樣的情況比較容易出現在孕婦和年輕人身上。

她聽了雲淡風輕地對我說：「我不是孕婦。所以……哈，這倒是最近難得聽到的一件值得開心的事。」

曼菲的開朗、堅強、樂觀從來沒有改變過。哪怕她的病情惡化到了不可收拾的地步時，她都還對我說：

「其實啊，我比起你們，這樣的人生也有好處。」

「好處？」我看著她。

「至少我的人生，不用經歷老年這個我不喜歡的階段。」

說真的，她說話時，臉上有一種真心真意的表情，讓我簡直不曉得該怎麼回答她才好。

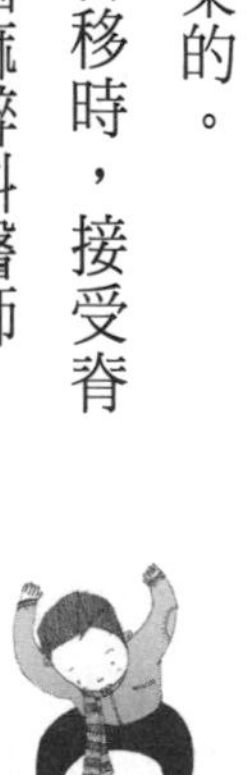

如果說世界上有一種心情叫堅強的話，曼菲就是這樣的心情昇華到了「幽默」的境界，像她總是在舞台上，用著非常巨大的熱量以及體能，在為我們展現一次又一次美好的身影。她用一種比堅強還要堅強的力量與自在，讓我們看到「快樂」可以是那個樣子。

曼菲過世之後好久，我還常常想起她。從某個角度來說，她是我見過，最達觀、也是活得最淋漓盡致的人。每次遇到不如意的事，總會想起許多往事，以及在曼菲身上學到的態度。

是啊，就算有比海洋還多的淚水，就算有那麼多必須接受的生離死別，只要是活著，呼吸著，在這場人生的盛宴裡，有什麼理由不能要開開心心的呢？

快樂是安身立命的能量

進一步說，快樂更是一種安身立命的力量。

再說個故事。

過去，曾有機會在急診室和一個住院醫師一起值班。那時候他失戀了，心情不好就想抽煙。因為醫院是禁煙的，因此常看到他一個人拿著煙，穿著髒髒舊舊的白袍，蹲在急診室門口抽煙。不難想像，一個穿白袍的醫師，蹲在急診室門口抽煙，樣子有多麼難看。

有一次，急診室接到了一個急救通知，救護車上的病人已經沒有心跳了，幾分鐘之內，救護車就會抵達急診室。那時我是他的指導醫師，和他一起值班。我知道他的能力足以負擔這個急救，於是把醫療指揮全權交給他，自己只在一旁做必要的協助。

被我授權後，他立刻站起來，丟下香煙，一腳踩熄，奔進急診室，指揮調度護士們準備急救用的藥品與設備。

等救護車到時，他一馬當先，衝出門口幫忙推送病人進急診室，並且移床，迅速插管，並且當場脫下白袍，跳上病床，為病人做心臟按摩。

我在一旁看他一會兒吩咐注射藥品，一會兒做心臟電擊，神情和剛剛簡直判若二人。等他電擊恢復病人心跳，血壓上升後，我忽然開始想，如果

他的女朋友在這裡看到這一幕，對他的印象應該會完全不同吧。

沒多久，病人的情況穩定，被送往加護病房之後，他又恢復到那個不怎麼快樂的醫師了。他穿上那件又舊又髒的白袍，往門口邊走邊掏出香煙，點火，蹲回牆角——一切都和幾分鐘前沒有什麼兩樣。

我走過去，也蹲了下來。對他說：

「你剛剛的樣子真帥，你自己有沒有注意到？」

他看了我一眼，有點不以為然的樣子說：「別開玩笑了。」

「我說真的啦，你急救時的樣子真的很迷人。你剛剛都在想什麼？」

「沒有啊，」他吐了一口煙，「只想趕快把病人救回來，送到ＩＣＵ（加護病房）去，就只是這樣而已。」

「你有沒有想過，那個時刻，你其實是很快樂的？」

「快樂？」他想了一下，「可能吧。我現在這個樣子，只要不想自己，不想那個女生，當然很快樂。」

「一輩子如果可以都像剛剛那樣，很好吧？」我問。

「是啦。」他想了一下說：「只是，沒有那麼多需要CPR（心肺復甦術）的人吧？」

「也不一定是CPR啦，我們這個行業就是有這個好處，只要能跳脫自己，幫別人，多少就能感到快樂，不是嗎？」

「我大概知道你想說的是什麼了。」他笑了起來，告訴我：「你說得有道理。」

幾個月後，他從失戀的情緒恢復過來之後，給我寫了一封信。在信中，他告訴我，那個晚上在急診室的經驗，不但給了他很大的啟示，也給他找到了一個可以「安身立命」的想法。在那之後，他決心要當一個能給自己「快樂」，也能夠給別人「快樂」的醫師。

那已經是十多年前的事了。前一陣子，我在某個醫院表揚「優良醫師」的名單中，看到了他的名字。不知道為什麼，腦海裡浮起了他當時告訴我「我大概知道你想說的是什麼」時的笑容。

我相信，他是快樂的。因為他用自己快樂的能量，為自己找到了一個安身立命的方法。不但如此，我更相信，因為他的快樂，遇見他的病人也會受到最好的照顧。

因此，如果問我：除了醫術外，你覺得一個醫護人員最重要的是什麼？

我的答案曾是：先讓自己快樂。

有人問：先讓自己快樂？這豈不自私？

我說：這一點也不自私。為什麼呢？

因為快樂不但不會因為自己佔有別人就會失去，反而是因為分享，別人和自己都擁有更多的事情。因此，善待自己，讓自己快樂起來，意思也就是和善待別人，讓別人快樂一樣。先讓自己快樂起來，不但一點也不自私，反而因為點燃了這樣的火苗，引發了更多的燃燒，帶來更多的光亮、更多的火花。不但照耀別人，更溫暖自己。

事實上，不只醫護人員，不管扮演什麼角色，當媽媽、學生、老師也好，做什麼工作，設計、生產、行銷……都一樣，最重要的都是讓自己先快

樂起來。

只有快樂的媽媽，孩子才能沒有負擔的感受，家庭衝突才能幽默化解。只有快樂的學生，學習才會落實。只有快樂的工作人員，才能喜歡客戶，客戶也才得到賓至如歸的服務。

因此，無論做任何事，要成功，最重要的第一件事，在我看來，都一樣是要找到快樂的方法和理由，讓自己先快樂起來。用那樣的態度，作為自己安身立命的力量。

快樂是分享

有一次，小孩學校要選家長會代表，小孩拿了家長名單回家圈選。小孩說：

「老師說，盡量圈選有錢或有名氣的家長。」

我聽了覺得很奇怪，對小孩說：「為什麼要選有錢、有名氣的家長當家長代表？他們常常是最沒有時間、也最沒有心力參與的家長啊。為什麼不

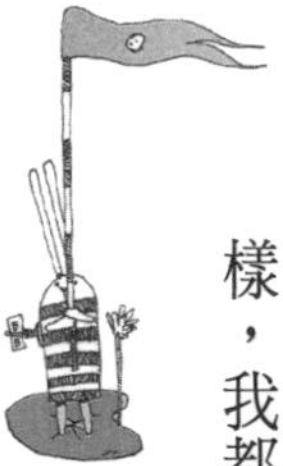

選最快樂的家長呢？」

後來我們開始用快樂為標準來做個粗略的觀察，發現很有趣的事情，那就是：

最有錢、最有名氣的家長，未必是感覺上最快樂的家長。反過來，感覺上最快樂的家長，也未必是最有錢、最有名氣的家長。

這和我們主流社會的邏輯很不一樣。過去我們一直相信，如果努力就會成功。成功就會有錢、有名氣、有權力，有了這些我們就會感到幸福、快樂。

但問題是，當我們努力，越有錢、名氣、權力時，我們又陷入了更險惡、更艱苦的競爭中，越來越感到心力交瘁。

並不是金錢、名氣、權力不重要，而是隨著擁有的變多，它們能帶來的快樂變小了。就像喝汽水一樣，口渴時第一瓶汽水當然非常好喝，但同樣價格的汽水，第二瓶、第三瓶、第四瓶好喝的程度立刻開始下滑了。光是這樣，我都覺得不划算了，更何況擁有更多的金錢、名氣、權力，必須付出的

代價是比原來更高的。

乍看之下，物質文明許應了人「擁有越多的物質、名氣、權力，會得到越多的幸福、快樂」，可是仔細想想，這樣的假設是有問題的。

在這樣以物質競爭為中心的文明裡，所有人都在競爭有限的資源。競爭的結果，大部分的資源落在少數人手上。於是，所有人只好被迫投入更多的時間、心力競爭更高的位置。本來，對物質、名氣、權力的追求，只是得到幸福的手段，然而高度競爭的結果，這個追求手段的過程，反而本末倒置地犧牲了真正的目的——幸福和快樂。

這正是這個物質文明最弔詭的地方。

反過來，快樂文明追求的是直接的幸福。幸福與快樂固然需要物質，但當物質條件到達某個水平後，要得到更多的幸福與快樂其實是不需要更多物質。快樂文明的核心是分享。這樣的分享不但不需要競爭，**當我們把快樂分享給別人時，反而還因為分享越多，自己擁有越多。**

我年輕時鋒芒畢露，與我共事的同事要不是很喜歡我，就是很討厭我，我自己也以此自豪。我記得有一次，一個喜歡我的同事告訴別人，大家以為我很幸運，其實我的成就是十分努力，才得到的一分收穫。

那位支持我的同事這樣說固然是對我的溢美之辭，不過我聽了卻覺得渾身不舒服。我開始追問：為什麼我的人生那麼辛苦，十分努力才一分收穫？

如果是這樣，其他九分跑到哪裡去了？

慢慢地，我開始發現，因為自己太鋒芒畢露，我所有的努力、領先、成功……一切的努力都是以「我」為出發點的。在物質文明的競爭邏輯下，別人當然會與「我」競爭、與「我」為敵。

換句話說，我所有十分的努力，其中有九分都消耗在對付「敵人」上了，因此才會只剩下一分收穫。

現在回頭想想，正是那個主流的「物質」文明的信仰，讓我只是汲汲營營於更多的得到、更多的競爭、機心。因而忽略了許多精神的分享、快

樂……

我是在那樣一點一點的體會中，慢慢理解到，只是物質文明的邏輯是有問題的。除了追求物質文明之外，我們還得有追求快樂文明的邏輯才行。這樣的快樂文明邏輯最精采之處在於，如果我們得到更多的幸福，那麼唯一的方法就只有分享。只有在我們為別人帶來啟發、鼓舞、歡笑、快樂的同時，我們自己也得到了啟發、鼓舞、歡笑、快樂。

更重要的是，因為這樣的成功並不是以自己為中心，而是在考慮到自己的同時，也把別人一起考慮進去。因此，在你成就自己的過程之中沒有人願意與你為敵。不但如此，也因為你的夢想就是別人的夢想，當你真心、專注地想要完成一件事時，不但別人會來幫助你，整個宇宙都會幫你實現你的夢想。

回到一開始的問題：為什麼快樂不能輸在起跑線上呢？

因為人生本來就不是一場競賽啊。所有那些我們覺得重要的、非贏不可的，到最後，無非都只是人生這個多采多姿的風景裡的一部分。

因此，一雙快樂的翅膀是非有不可的。不但非有不可，而且還要越早擁有越好。唯有如此，我們才能跳脫你爭我搶的泥淖，得以在人生的晴空裡，開始自在地翱翔。

從眼界到視野

正因為未來無可預期，因此答案並不在未來。
你得相信，現在就是謎底；你得相信，你自己的熱情就是答案。
只有這樣，走著你自己相信的路，才可能累積，也因為累積，才創造出未來真正的視野。

眼界與視野的差異

什麼是「視野」呢？

一定有很多人說：簡單啊，所謂的「視野」，就是多出國旅行、多學習語言、多結交朋友、多閱讀、多聽音樂、多看電影……嘛。這些當然都是追求視野的方法沒錯，但老實說，我並不認為「視野」只是這樣。在我看來，這些固然能開拓我們的「眼界」，但「眼界」並不等於「視野」。兩者的差別就好像「增加硬碟容量」並不等於「更好的電腦運作」，是一樣的道理。

既然如此，那麼，「眼界」和「視野」的差別到底是什麼呢？

先從「眼界」說起好了。

我記得我開始進實驗室做研究的時候，腦袋裡常常冒出很多「充滿創意」的點子。每次興奮地拿去和指導老師談時，總是一次又一次地被潑冷水。有一次，我忍不住對我的指導老師吐苦水。我說：

「這些點子明明充滿創意，為什麼都被你說得一文不值呢？」

「你真覺得你那些點子充滿創意？」

我點點頭。

「你確定這些沒有人做過？」

我搖搖頭。

「如果你不確定沒有人做過，怎麼能夠確定你的那些點子充滿創意呢？」

被這麼一數落，我不甘心地去圖書館利用網路、光碟，搜查所有的文獻。一搜查才發現：我的指導老師說對了——大部分我所謂「有創意」的點子，其實早已經有人做過了。在這樣的前提下，哪怕我的研究再努力、再用功，其實一點意義也沒有的。從此，我學會了做研究之前一定要勤翻期刊、查文獻，甚至有機會就參加相關領域的醫學會議的習慣。

換句話說：

別人知道的，能取得的知識、流行、品味、資訊，我也必須知道。

否則許多事情，做了也是白做，這就是「眼界」的重要性了。

學習任何技藝、從事任何工作，甚至一個組織、社會要發展，眼界是少不了的。否則，當人家做著研發、作品牌、作設計，創造出電腦通訊產品、服飾、球鞋……創造出各式各樣的產業時，我們卻停留在只能永遠幫忙代工的層次。當別人把目光放到全世界，思考如何教育孩子成為有能力適應世界不同文化的世界人時，我們還停留在省籍、或「台灣人」非台灣人的爭論之中。當人家開始重視自然環保，重視歷史傳承，把這一切的觀念都融入建築景觀時，我們還停留在蓋出世界最高、最巨大的建築的思維之中……

這就是眼界的落差了。

「眼界」可以說是一切技能發展的基礎，少了眼界的井底之蛙，連和別人齊頭並進的機會都沒有，更談不上「視野」了。

至於「視野」，又和眼界不同了。再舉個例子。

莊子在《逍遙遊》裡曾說過一個故事：

宋國有一個世代以漂洗衣物為生的人，善於製作防止手龜裂的藥物。有個外地人聽說了這件事，就找上門來，願意用一百兩銀子買這個藥方。宋國人就把族人召集在一起商量，他說：

「我們世世代代都以洗衣為生，可是所得也不過幾兩銀子而已。如今賣掉這個方子，一下子就能賺一百兩，我看我們還是答應吧。」

外地人得到這個藥方，跑去吳王那裡當官。有一次越國軍隊攻打吳國，吳王派他做將軍，率領軍隊還擊。在冬天裡與越國軍隊進行水戰，因為有那個藥方，吳國士兵手不龜裂，終於大敗越軍。吳王於是分給他土地，封他為諸侯。

同樣是防止手龜裂的藥，宋人和外地人都看到了，這是「眼界」，但外地人卻看到更大的用處，這就是「視野」的不同了。換句話：

在相同的「眼界」下，看見別人看不見的可能，這就是「視野」。

這也就是說，要達到「視野」的境界，必須要先有起碼的「眼界」。不但如此，還要在同樣的「眼界」裡，看見別人看不見的可能——這部分，

當然，就必須依賴更多條件以及見識、經歷以及思考了。

或許有人會覺得：說來說去，這還是「眼界」的問題嘛。如果宋人也有外地人的眼界，看過外地人看過的一切，那麼，很可能宋人現在也得到封侯和賞賜了。

在我看來，這看法只對了一半。

哪一半呢？

少了外地人的眼界，宋人當然不可能做到裂地封侯的。但就算宋人有了和外地人一樣的眼界，他充其量也只不過累積了百分之五十的資本而已。在我看來，光是百分之五十是不夠的。世代漂洗衣物的宋人，還需要有商人的敏銳、對吳王到底在不在乎這個藥物的判斷力，能不能見到吳王的人脈、說服吳王的口才、還有整合這些資訊的能力，以及形成計畫的靈感……才有辦法賺到外地人能賺得到的好處。更何況，對一個平民百姓來說，當然是能少一事就少一事，哪有外地人這種膽識，甚至真的著手去執行？

從這個角度來看，宋人和外地人，除了「眼界」之外，差別還在於：

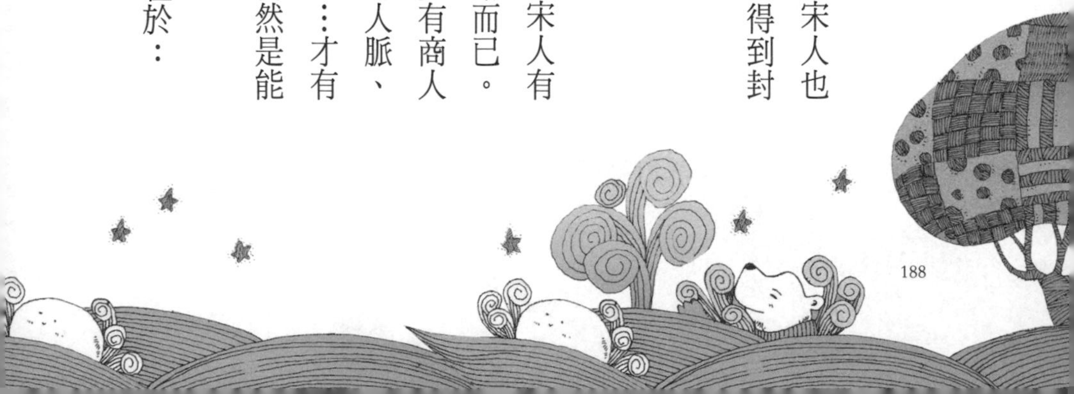

一、宋人沒有外地人的經驗、經歷。

二、宋人也沒有外地人整合資訊的能力和判斷力。

如果要用公式來表示的話，這個應該是這樣的：

視野＝眼界（眼）＋經歷、資歷（手腳）＋想像力（心）

換句話說，視野是比眼界還要複雜許多的事。一個人追求眼界只是視野的開始，追求視野卻是一生更重要、更必須培養的大事。

眼界是視野的開始

先從「眼界」說起。

人說：「行萬里路，勝讀萬卷書。」說穿了，「眼界」就是這句話。

之前我們說過，多出國旅行、多結交朋友、多學習語言、多閱讀、聽音樂、看電影……都可以拓展眼界。因此，所謂的「行」萬里路的「行」，

與其說是「旅行」，還不如說是廣告裡「just do it!」的那個「do」字。

作家張愛玲曾說：「出名要趁早啊。」但我說：「行萬里路要趁早啊！」

為什麼呢？因為「行萬里路」是要花體力、時間的，而諸如學習語言、閱讀、旅行、彈奏樂器……這些「路」，隨著年紀長大，學習能力、投入的勇氣和時間都會隨著退化的。因此，我說的「行萬里路要趁早！」是一種決心和氣勢。就像南海兩個和尚要取經的故事一樣，窮和尚靠著托缽都從南海回來了，富和尚還在準備。

我四十歲那年，曾經和朋友爬過一次玉山。說起要爬玉山的雄心壯志，大家都躍躍欲試。不過等活動正式開辦了，原先報名的人卻有一半臨陣退縮了。退縮的理由各式各樣，什麼公司臨時有重要的客戶來了，公事太多了，小孩要參加考試了……沒有一個理由不是言之有理。

後來，我們僅剩的一半人馬真的去爬玉山了。

那次天氣很糟，不但風雨交加，山頂溫度還低於零度。我們經歷了種

種驚險，總算登頂成功。那天下午，當全團人馬終於下山走回到塔塔加鞍部時，所有的人全癱在登山口休息，動彈不得時，坐在我前方的朋友忽然嘆了一口氣說：

「說起來，這次能夠登頂成功，還真的完全要感謝『無知』。」

朋友說的沒錯。老實說，早知道這個過程這麼辛苦驚險，我應該是會打消念頭的。但某種程度的「無知」卻幫助我完成了這個心願。

過了好幾年之後，再問當時報了名卻不能成行的人：那幾天他們到底都在忙些什麼？大部分的人都回答不出來了。可是去登過玉山的人，對於途中的所有事情，仍然是歷歷在目，畢竟那樣的經驗實在是太令人難以忘懷了。

認真計較起來，當時不能去的理由固然有其「迫切」之處，可是用人生的角度拉長了來看，和能夠擁有那麼美好的經驗與回憶做個比較，去做當然比不做划算。

很多人覺得太無知、太浪漫不好。但我以為人多少有點天真、浪漫的

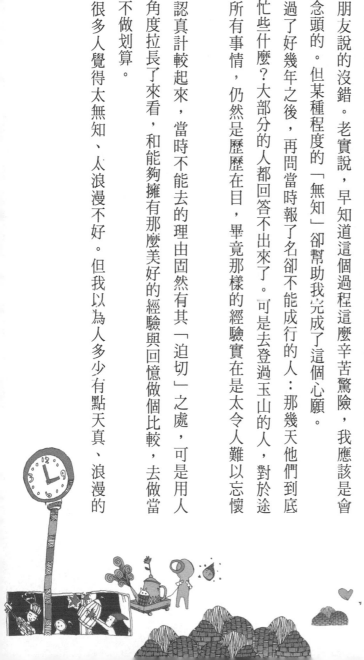

「無知」不是壞事。畢竟因為「無知」、「天真」所導致的行動力，往往是將來「圓熟」、「智慧」的基礎呢。

我有個朋友從外資銀行總裁位置退休下來。根據他的說法，他心目中的人生典範，是這樣的：

一個人年輕求學時，應該不顧一切用功獲取知識、見識。二十多歲出社會後，埋頭苦幹，但求被同僚、上司肯定。過了三十歲，開始領導小團隊努力打拚，不斷奮戰中累積經驗、資歷，廣拓人脈。四、五十歲則是廣結善緣，謀略規劃，憑藉人脈，談笑間解決下屬搞不定的問題。至於六十歲之後，則應退出第一級，認真提拔後進，光靠名字就能成事。

儘管這種人生規劃不見得對所有人適用（有些創意人、創業者走的可以是完全不同的路），但這個理想很巧妙地，從眼界到經驗、資歷，到整

合、判斷，最終形成品牌，正好是一個人培養「視野」的過程。

從這個角度來看，**一個人求得「眼界」最重要的黃金時間，應該就是在求學和初出社會這段時間。**

因此，每次被問到：「年輕人找工作應該追求報酬，還是成就感？」這類的問題時，我最想說的無非就是：追求自己有興趣，並且學習機會最多、空間最大的。

或許有人要再問：難道薪水少一些、工作累一些也無所謂嗎？

我說：年輕的時候，薪水多、薪水少，等過了幾年後有了更高、更重要的位置後回頭看，差別其實是不大的。但年輕時候的學習，以及眼界的開拓，卻決定了將來的發展以及職位的高下。因此從長遠的眼光來看，就算想多賺錢，年輕時也應該找到學習空間最大的工作才是。至於累不累，那更無所謂了。年輕時候的工作多半是一種學習的過程，只要有學習空間，越累的工作，當然是學習得越快、越多啊。不但如此，做得越多表示能越早把這個核心領域的重點掌握。一日如此，跳出這個層次往上爬的機會也就越高啊。

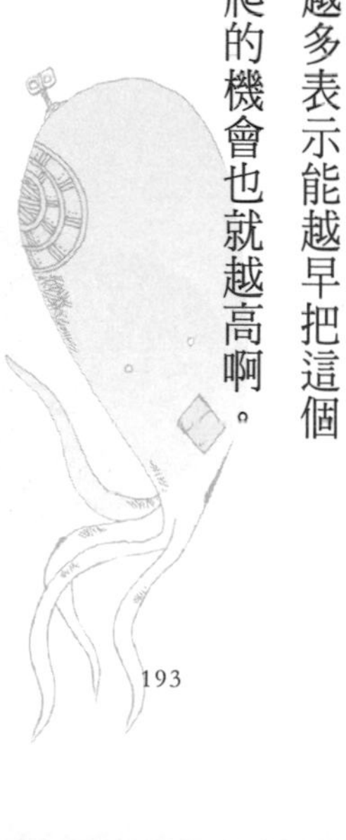

資歷與經驗是眼界的內化

視野裡所需要的「資歷、經歷」，某個程度，就正是「眼界」落實、內化的過程。眼界所及，要經過在現實世界的實踐以及考驗，才能成為一個人內化的知識、學養。這也就和必須經歷過許多真實「病例」，才可能成就一個醫術高明的醫師，或者必須經歷許多戰爭，才可能成就一位好的將領、必須經歷許多的演出，才可能成就一位好的演員、藝人，道理是一樣的。

因此，當我們說「經驗、資歷」很重要時，我們指的其實是那個「內化的知識」的基礎，而不是「經驗、資歷」的本身。沒有能夠內化成真正的知識的「經驗、資歷」是一點價值也沒有的。

很多老一輩喜歡倚老賣老地說：

「我吃過的鹽巴，都比你們年輕人吃過的米飯還多。」

在我看來，一個人如果只是吃了一堆鹽巴，卻沒有學到任何真正有用的知識，那麼，就算有再多的經驗、資歷，無非也只是吃鹽巴而已，又如何

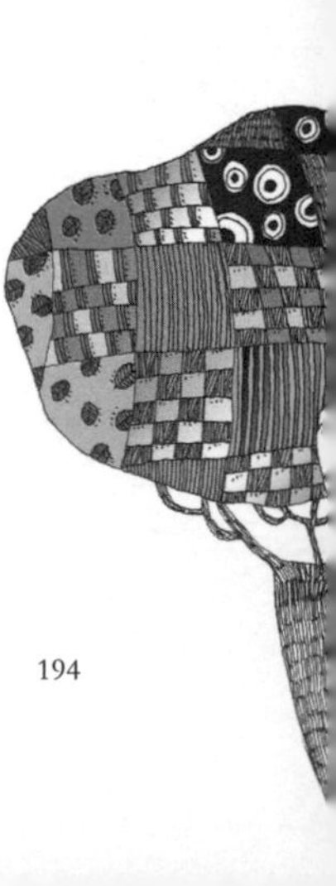

呢？

因此，孔子在《論語》才會開宗明義地說：「學而時習之，不亦說乎？」

這話的意思是說：光是學習知識是不夠的，還要在日常生活中反覆地印證，才能內化成真正的知識。**得到這樣真正落實到生活、人生的知識，才是最值得開心的**。

我這樣說，一定有人會問：

「人的生命是有限的啊，如果我們不知道自己最終會從事什麼，那又怎麼知道現在應該做什麼工作，內化什麼知識，或累積什麼經驗才好呢？」

在我看來，不是因為我們最終會從事什麼工作，因此我們現在應該累積什麼經驗。而是，反過來，因為我們現在累積了什麼樣的經驗，導致了將來我們會從事什麼樣的工作。

舉個例子來說，蘋果電腦的創辦人賈伯斯（Steve Jobs）在讀大學時，曾因付不起學費休學了。休學期間，他去旁聽了一些他自己覺得很有意思的

課程，其中有一門是關於serif與sanserif字體的書寫課。

根據賈伯斯在很多年後對史丹佛大學畢業生致詞的說法，他只是覺得這些字體的美好很迷人，從來沒有預期到這些東西對現實生活能有什麼幫助，但是十年後，他在設計第一台麥金塔電腦時，就把這些字體都設計進了麥金塔裡，於是創造出了第一台能夠印出漂亮字體的電腦。

他回顧道：

「如果我沒耽溺於那樣一門課裡，麥金塔可能就不會有多重字體跟等比例間距字體了。又因為Windows抄襲了麥金塔的使用方式，因此，如果當年我沒有休學，沒有去上那門書寫課，大概所有的個人電腦都不會有這些東西，印不出現在我們看到的漂亮的字體來了。」

因此，賈伯斯認為：

你無法預先把點點滴滴串連起來；只有在未來回顧時，你才會明白那些點點滴滴是如何串在一起的。所以你得相信，眼前你經歷的種種，將來多

少會連結在一起。你得信任某個東西，直覺也好，命運也好，生命也好，或者業力。這種做法從來沒讓我失望，我的人生因此變得完全不同。

很神奇的，一路走來，我自己也有著極為相似的人生體悟。

正因為未來無可預期，因此答案並不在未來。你得相信，現在就是謎底；你得相信，你自己的熱情就是答案。

只有這樣，走著你自己相信的路，才可能累積，也因為累積，才創造出未來真正的視野。

想像力決定了視野

進一步問，如果兩個人，眼界、經驗、資歷都不相上下，一旦臨陣對壘時，勝負的關鍵是什麼？

那麼，毫無疑問的，勝負的關鍵，是想像力了。

這裡說「想像力」，也就是我們最開始定義「視野」中提到的：「在

相同的『眼界』下，看見別人看不見的可能。」這樣的能力。

舉個例來說：

一九二九年九月，英國聖瑪麗醫院細菌學家弗萊明（Sir Alexander Fleming）在實驗室發現他培養的葡萄球菌被黴菌污染了。通常實驗室培養這些細菌是為了進行各式各樣的實驗，因此好不容易培養出來受到污染，表示實驗進度受到耽誤，這當然不是什麼值得高興的事。弗萊明的助手急忙要把受到污染的培養皿裡的細菌拿掉時，弗萊明卻阻止了助理的行動。

弗萊明觀察青黴菌的周圍，發現有一圈空白的區域，區域裡的葡萄球菌完全消失了。他靈機一動，心想：是青黴菌分泌了什麼，把葡萄球菌消滅了嗎？

這個意外的發現，使得弗萊明開始研究青黴菌的分泌物，也因為他這樣的轉念，導致了將來青黴素的出現，不但解救了無數的生命，並且開啟了二十世紀之後抗生素的輝煌燦爛年代。

這個人類醫學史上最重要的發現之一，很可能在弗萊明助理隨手的動

作間，就消失殆盡了。從此，數千萬甚至上億人的命運必須改變。然而，弗萊明卻在這個看似「失敗」的結果中，用他的想像力，看見了別人沒有看見的可能。

我相信弗萊明實驗室裡的培養皿，一定不是全世界第一個被污染的培養皿。我也相信，儘管弗萊明擁有這個行業應有的「眼界」、「資歷」、「經驗」，可是如果少了最後那樣的想像力，讓他看見了從來沒有被看見的可能，一切仍然還在原點。

這樣的想像力，就是「視野」中，最重要的核心能力了。

問題是：怎麼樣才能看見別人看不見的可能呢？

思考這個問題時，我們不如反過來想，是什麼遮蔽了那些不同的可能呢？

答案似乎也很簡單：**因為大家都用自己覺得「理所當然」的方法在想**事情。像是宋人看待護手膏的用法，像是其他科學家看待細菌培養皿被污染的方法……因為用的是「理所當然」的觀點，因此，也就得到理所當然的處

理方法，自然也就不可能有什麼不一樣的可能了。

弔詭的是，既然「理所當然」，我們自己也就看不到。既然看不到，當然也就不可能跳脫——畢竟我們沒有能力從自己看不見的無形監牢中脫逃出來。

如何跳脫自己看不到的「理所當然」？

但如何看見這個無形的「理所當然」，又如何跳脫呢？

有三個最簡單，也是最容易的方法：

一、藉助別人的觀點

我家小朋友小學畢業旅行時迷上了周杰倫的音樂。從此，開始認真蒐集周杰倫的專輯、ＭＶ、海報，並且會唱他的每一首歌。

著迷周杰倫的音樂不是壞事。不過情況持續下去，到了小朋友言必稱周杰倫，全世界所有的音樂都比不上周杰倫時，我可有點擔心了。不是說沉迷周杰倫不好，而是說如果音樂的世界只有周杰倫，那就不行。

我開始主動找來許多不同的樂手、曲風的CD給兒子聽。

不曉得是為了堅持他的品味沒有錯，還是怎麼回事，總之，我越是丟不同的歌手的CD給他，兒子就越堅持周杰倫才是世界上最厲害的歌手。

「你為什麼覺得音樂非聽周杰倫不行？」

「因為他最屌啊。」

「可是我還有我那些搞音樂的朋友，都覺得如果你要聽音樂的話，應該多聽聽周杰倫以外的音樂。」

「你是不是對周杰倫有意見？」

「我對周杰倫沒有意見啊，我重點是，你應該聽聽別的音樂。」

「我聽了，可是不好聽啊。」

在這種情況之下，我只好盡量顯現出一副客觀的模樣。說實在的，除了繼續丟一些不同CD給他之外，實在也沒有什麼更好的辦法了。

情況就這樣一直持續到了兒子唸到高中，認識了一個根據兒子形容會自彈自唱、音樂素養很高，令他崇拜得五體投地的樂研社學長之後，事情才開始有了轉折。

他問我兒子：「你都聽什麼音樂？」

兒子當然除了周杰倫之外，還是周杰倫。談到最後，學長聽不下去了，丟給他一句話：

「你這樣未免太遜了吧！」

兒子不甘心，反問學長：「那你心目中，誰的音樂最厲害？」

學長說：「當然是神啊。」

兒子問：「誰是神？」

「吉他之神啊，」學長說：「Eric Clapton，你不認識啊？」

兒子被唬得一愣一愣地。回家問我：「你知道神是誰嗎？」

「哪個神？」

「吉他之神啊，Eric Clapton。你知不知道這個人？」

「Eric Clapton？我當然知道這個人，你還聽過呢，你忘了嗎？」

「我聽過？」兒子抓了抓頭。

我把ＣＤ櫃裡當初找回來的專輯丟給他。我說：「神就在你家，你卻不認識。」

兒子把 Eric Clpaton的專輯拿去聽。聽了半天之後，頗有幾分陶醉地跑回來告訴我說：

「其實還滿好聽的欸，怎麼以前我都不覺得？」

我們看到了，明明Eric Clapton就在兒子面前，他聽到了，卻不覺得好聽。對他而言，原來「周杰倫」的音樂就是一種「不知不覺」的「理所當然」。於是我問他：

「當初Eric Clapton不好聽，」我問兒子：「為什麼後來又覺得好聽了？」

「不是當初不好聽，而是好聽，但我因為不想聽，所以聽不見。」

「那後來為什麼又聽得見了。」

「因為我的學長啊，他的刺激讓我從不想聽，變成想聽。」

我固然提供了這個刺激，但是我的力道不夠。幸好我做不到的事，

我兒子的學長做到了。現在兒子還是喜歡周杰倫的音樂，但自從聽Eric Clapton之後，他開始有興趣拿出我過去給他的ＣＤ出來重聽，並且和別人分享、交換心得。從某個角度來說，他藉助別人的耳朵把心眼打開，視野當然也就變得更寬闊了。

二、藉助和自己不同的文明

一九八〇我還是學生的年代，參加了原住民服務的暑期活動，有機會和原住民在山上一起生活。那時部落裡面有電力還不算太久，我注意到原住民開教師宿舍三個日光燈的方式很特別。

「老師，你需要幾個燈？」原住民學生問我。

當時我有點愣住了。天花板明明吊著三個日光燈。為什麼還問我需要幾個燈？

「老師，兩個燈好不好？」

好啊，我心想，我倒要看看學生怎麼打開三個燈中的兩個燈。

學生先把牆壁的電源打開，把梯子放到日光燈下，再從口袋裡掏出起

動器，爬上樓梯，把起動器旋進燈座裡，打開了第一個燈之後，再走下樓梯，搬動樓梯到第二個日光燈下，一切重來一遍，然後打開第二個……

「為什麼要這麼麻煩呢？」我問。

「都是這樣的啊？」學生說。

「什麼叫『都是這樣的啊』？」

「你拿火把，點一個火，再用火把，點第二個火……」

我恍然大悟，原來這是來自火炬、或者是蠟燭點火的概念——從火光照明轉變到電燈照明的時代，原住民小朋友就這麼「理所當然」地把起動器當成「火把」了。

本來不合理的事，用不同文明的邏輯來看就合理了。這個從不合理到合理的過程，也正是我們跳脫自己原來文明的邏輯、思維模式，非常重要的力量。

三、藉助歷史與時間

我年輕時曾經目睹一場火災，女工宿舍深夜失火了。很多女工驚慌失

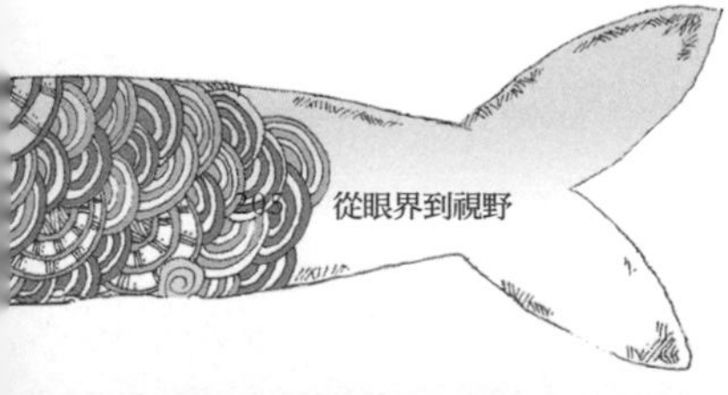

措地跑出來。其中有個女工，還來不及著裝，穿著胸罩、內褲就跑出來了。她看到圍觀的群眾，羞愧得無地自容，在別人還來不及丟給她蔽體的衣物之前，又衝回宿舍，葬身在火海裡了。

儘管那已經是幾十年前發生在台灣南部小鎮的故事了，但至今我仍印象深刻。這樣的故事，沒有活過那個時代的人聽起來一定覺得不可思議，但是當時可接受的「暴露」標準的確就是如此。當時的報紙，不但沒有人懷疑過當時的「暴露」標準有什麼問題，隔天甚至還有一家報紙有幾分表揚那個女孩貞潔精神的意思。

事實上，活在那個年代，似乎也只能覺得那樣的結果是再「理所當然」不過了。

但到了今日，藉助著時間的距離，我們開始有了不同的觀點。老實說，如果只是那樣，就得冒死奔回火場找衣服，那麼，走在二十一世紀初的台北忠孝東路的夏日街頭，或者是參加電腦展、汽車展，看看所有那些「暴露面積」更多的辣妹，我們又該作何感想呢？

正是因為時間的距離，讓我們有機會跳脫當時覺得再「理所當然」不過的事情，重新有了完全不同的觀點。

前監察院院長陳履安先生的夫人陳曹倩女士曾對我說過一個很有趣的故事。

畢業於美國魏斯理女子學校的陳曹倩女士告訴我，在過去台灣唸書時，她最引以為傲的是自己會彈鋼琴以及說流利的英文。不過她到了美國唸書之後，發現在魏斯理女子學校會彈鋼琴、會說流利英文的人比比皆是。忽然間，她過去覺得是強項的能力不再是強項了。美國同學最羨慕她的，反而是媽媽、阿姨們用平時節省下來的各式各樣傳統碎花布，為她縫製的一床百衲被。這床台灣覺得再普通不過的棉被，到了美國同學的眼光中，異國風情以及精致的程度都是前所未見的。

根據陳曹倩女士的說法，她反而是到了美國之後，透過同學的眼光，才驚覺到原來我們自己一直有這麼美的東西，但自己卻因為一味地追求外國

的時髦，反而看不見這些一直存在的美。

這些例子都讓我們看到：**事實上，擋住我們視線的不是別人，而正是我們自己。**

這樣的遮蔽，往往要到我們有機會遠離自己，才容易從別人的目光、別的文化的視角，重新發現我們自己，看見完全不同的自己。

這也是為什麼我們要把自己的觀念從一個「求同」的單一價值文化觀點，改變到「求異」的多元文化價值觀點最重要的理由。當世界只有一個單一的價值時，我們永遠只看得到自己和自己以為理所當然的事。正因為那樣的理所當然，我們的目光也被自己擋住了。

藉著對世界多方位的理解、探索，我們得到了一個轉換視角的機會。正因為這樣的轉換視角，我才有機會跳脫自己，讓自己的心靈從那個被佔據的空間釋放出來，開始了不同的想像力，甚至發現不同的自己。

而一切的視野，也在那之後，才變為可能。

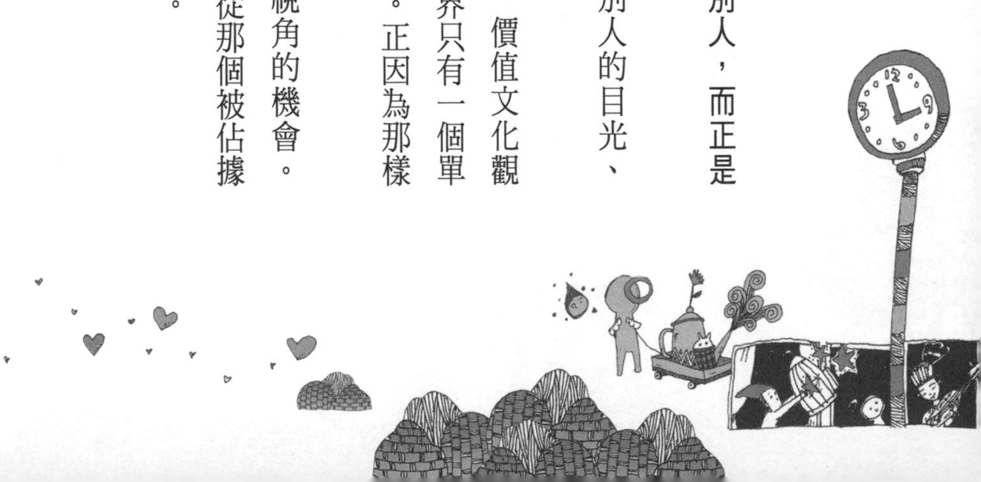

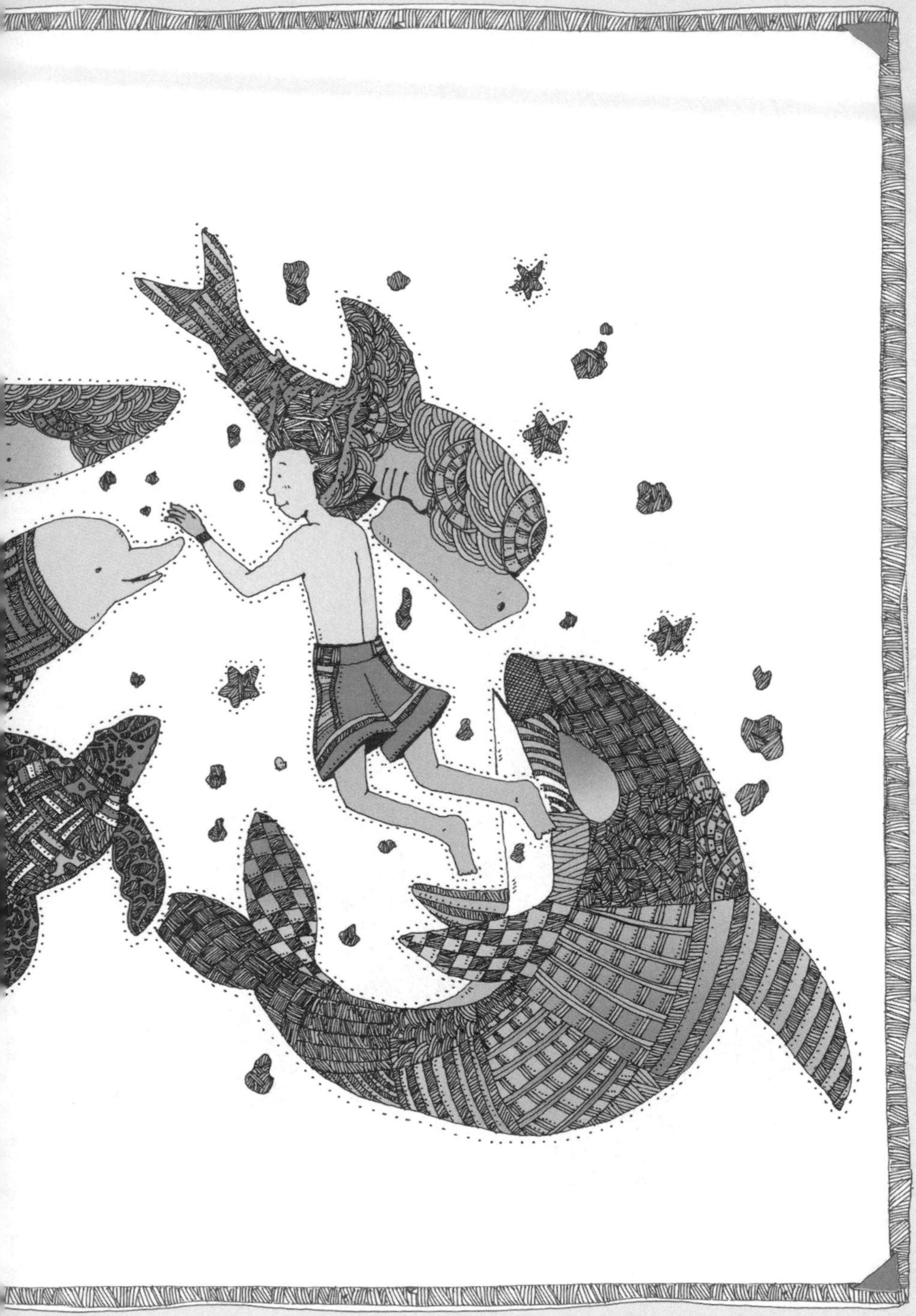

人文是為了追求連結

我從別人那裡，得到經驗與智慧，同樣的，也把我自己體會到的，
再藉由故事傳給別人，和別人的生命連結。
而與這個龐大、深刻的共同記憶與經驗，就是我所謂的人文。

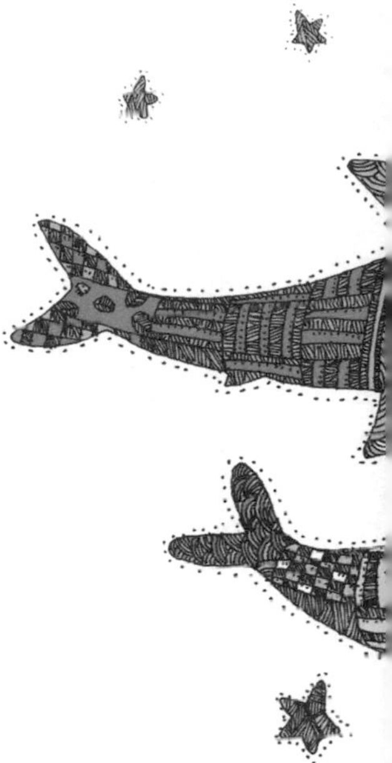

大家多少都接觸過一些人文，像是文學、美術、音樂、電影、戲劇、舞蹈……但如果進一步問，什麼是「人文」，恐怕就不太容易有人說得出所以然來了。要是再問：接觸人文可以得到什麼好處呢？答案恐怕更眾說紛紜了。

我大學時代有同學心血來潮，請我跟他介紹世界上最重要的十大名片。我問他為什麼要看這十大名片，他回答是為了要：「增加氣質。」因為多看一點電影、讀一點文學作品，感覺上比較有學問，約會時容易得到女孩青睞。

這個觀點很有趣，有「人文知識」的確會讓人感覺「有氣質」，甚至受到多一點敬重。但話又說回來，為什麼總是靠「電影」、「音樂」或「文學」、「戲劇」……這些人文藝術領域的知識來談戀愛呢？為什麼「法律」、「醫學」……同樣很有氣質的知識，就很少被派上用場了呢？

另外還有一種人，鼓吹接觸「人文」的理由則是產業、經濟的理由。這樣的理由邏輯很簡單：由於科技以及生產技術進步了，到了最後產品之間功能差異性變小。因此，銷售的競爭力越來越決定在設計、包裝、美學、行銷、廣告這些「人文」、「美學」嗅覺的掌握。因此，人文、美學的修養是未來越來越被要求的競爭力。

這些說法固然都沒錯，也都言之成理，但不管「氣質」說也好，「產業」說也好，我覺得最大的問題是把「人文」當成靜態的知識或功能。這樣的認定，不但失之片面，同時也太小看了「人文」的力量。

清末民初的詞人王國維曾寫過一首叫〈浣溪沙〉的詞，其中一段是這樣的：

> 試上高峰窺皓月，偶開天眼覷紅塵，可憐身是眼中人。

這是我很喜歡的詞之一。當我們的目光隨著作者來到高峰上，作者筆鋒一轉，讓我們跳脫地理的觀點，忽然從高處得到一個類似「天眼」的角度看著山下人間的紅塵萬丈、熙熙攘攘。這樣的觀點，讓我們感嘆起來，原來

人生無非是關於生老病死的一場大夢。固然，這樣的感嘆讓我們有了種「天眼」般的感動和頓悟，但在驀然回首，原來我們自己並沒有跳脫「身是眼中人」的悲哀，我們也同樣都是必須承受生老病死的凡夫俗子。

一首動人的詞，讓作者把自身的處境跟紅塵的「眼中人」連結起來，也把作者的心情和我們這些讀者的心情連結了起來。在那樣的時刻，我們全被某種同樣負擔著「人的命運」的情感連結在一起，受到了同樣的感動，發出了同樣的喟嘆。

在那樣的時刻，人文的力量也就開始發酵了。

在我看來，包括約會看電影，談人文話題，無非都只是藉由對人文的感動創造出「連結」的小小例子。事實上，人文能創造出來的力量相當驚人，從數萬人的偶像演唱會，數百萬、千萬人的革命思潮，乃至於影響上千年的思想、宗教……無一不來自這樣的「感動」與「連結」。因此，人文最特別之處不來自「氣質」，也不來自「經濟」，它動人的力量還在於那樣的感動所創造出來的連結。

從這個觀點來看，這樣的「人文」和過去我們在學校學的大部分的知識，是很不一樣的。

讀電學、力學，讀會計學或統計學，這些「身外之學」時，我們很少會一邊讀書，一邊感動地流眼淚。為什麼呢？因為「身外之學」的目的是為了應用，因此，感不感人其實是其次的。但「人文」完全不同，它是一種「身同之學」。我們接觸它時，感受到的是對別的人生的理解、對自己內在情感的觸動。「身同之學」如果沒有造成啟發、感動，哪怕體系再龐大、再完整，其實是一點價值也沒有的。

身外之學講的是是非、好壞這些絕對標準，但是人文卻沒有。當我們感動時，沒有人會計較這個感動是好的還是壞的，同樣的，當我們愛上一個人時，我們也不說這個愛是對的還是錯的。

更進一步說，對人文的嚮往也就是一種對連結的追求。當人受到相同的情緒、想法感動時，彼此便被同樣的信念、感動連結起來。而當連結發生時，它開始發生一種很神奇的力量，改變、影響世界、歷史。這樣的力量，正是人類所知道的力量中，最強大、也是最無與倫比的力量。

可惜這麼重要的力量，在過去主流的學習中要不是被忽略，就是被當成「知識」系統來教導。這當然使我們很容易就錯過了人文的魅力與力量。

你認識你自己嗎？

如果進一步要問，「人文」能給我們帶來什麼改變，或者，更露骨一點，什麼好處呢？

一定要回答的話，我覺得人文最初步，也是最重要的，就是可以幫助我們認識自己、瞭解自己，並且連結自己。

一定有人覺得這話聽起來很奇怪。

自己不就是自己嗎？難道還不認識自己、不瞭解自己嗎？為什麼還說要連結自己呢？

事實上，大部分的人認識的自己，多半是片面的。

舉例來說吧。

我家樓下有個廣場，廣場上有各種圓形、方形平台，方便行人坐在上面休憩。每次寫作累了時，我習慣去買杯咖啡，坐在廣場，看著來來去去的人。

就這樣過了不知多久。有一天，我忽然注意到，好幾年下來，我休息時，幾乎是坐在圓形的平台上，很少坐在方形的平台上。

於是我開始想：我為什麼總是坐在圓形平台，而不是方形平台上呢？

一定有人會問：「你自己去坐在那裡，難道你自己還會不知道為什麼嗎？」

說起來，這個看似沒有問題的問題，還真是問題重重。

首先，似乎我應該知道為什麼才對，但老實說，我「並」不知道。

比第一個問題更棘手的是第二個問題：

如果連我自己也搞不懂為什麼自己坐在圓形平台上，那到底是誰決定我去坐在那裡的呢？

為什麼那個「我」的思考邏輯我一點都不知道？

就像被問到：「你睡覺時鬍子到底都放在棉被外面還是裡面？」後開始失眠的于右任一樣，那之後，我走到廣場時再也不是原來的心情了。

我在方形平台坐坐，又在圓形平台坐坐，試著猜想各種可能。

理由是因為我比較喜歡圓形？不對。

因為圓形離我家近？離咖啡店近？

因為圓形的景觀好？都不對。

就這樣被自己煩了很久之後的有一天，我忽然在廣場注意到年輕人在圓形平台練習單車爬台階。

我一時興起，就問他們：「你們為什麼不去爬方形平台呢？」

沒想到他想也不想就丟過來一句話：「我們最好是有那麼厲害。」

「什麼意思呢？」

他說：「你沒看到嗎？方形平台比這裡高很多啊！」

這麼一聽，我立刻衝回家拿尺來量。這一量才發現兩邊高度相差了將近二十五公分。

原來問題出在這裡啊！圓形平台較矮，坐在上面，像坐在矮凳上，可以把腿伸得長長的；方形平台較高，有點像是正襟危坐地坐在高椅子上。

我恍然大悟，原來坐在方形平台比較「嚴肅」，而坐在圓形平台上比較「輕鬆」，正好適合我休息的心情。於是我不知不覺就跑去坐在圓形平台上。

原來這背後是有道理的。

這麼一想，我立刻明白：

原來有很大部分的「我」，是我們平時不能察覺，但卻主宰了我們的行為。

心理學上稱這個部分的我叫「下意識」或「無意識」。很多時候，就像我坐圓形平台一樣，這個下意識甚至在意識知覺到問題之前，就已經幫我們「決定」好了。

好比說，因為不想再當第三者了，所以下定決心要和那個男人分手，

可是見到人之後，又說不出口來，結果反倒又和對方纏綿了一夜……

或者，明明告訴自己不要緊張，可是一上台卻又什麼都忘了……

再不然，就是明明告訴自己不要對小孩發脾氣，要好好跟他說，但是一看到小孩嬉皮笑臉的態度，忍不住又失控了……

大部分的時候，別人不瞭解自己固然造成傷害，但更大的傷害卻往往來自連我們自己都不瞭解自己。

因此我才說，追求人文，最基本，也是最重要的，就是要**和自己連結，認識、瞭解那個連自己都不知道的自己**。

「可是，」也許讀者不免要問：「連自己都無法看見的自己，靠著閱讀別人的故事、心情，怎麼可能更瞭解自己呢？」

當然可能啊。人之所以會在別人的故事裡流著自己的眼淚，唯一的理由當然是——我們也有著相同的情感。換句話，當我們被感動時，我們就和這個共同的經驗、情感連結上了。也因為這樣的連結，當我們看到別人的同

時，也看到了自己。

我在醫院上班時，有一部分工作是末期癌症疼痛控制。曾經有過一段時間，我對於自己無法治療不斷過世的病人感到非常無能為力。情況最糟糕時，我發現自己竟然甚至害怕走進病房去看病人。那樣的感覺持續了好一陣子。我知道自己不太對勁，可是又不清楚到底問題出在哪裡？

有一天，我看了史蒂芬史匹柏（Steven Allan Spielberg）導演的電影「辛德勒名單」。

電影中有一幕，是德國商人辛德勒跑到火車站，拿著水管對被關在開往集中營火車裡悶熱不堪的猶太人沖水的場面。最初，德軍以為辛德勒在戲弄猶太人，都樂觀其成，不過漸漸他們發現了，事情並非如此。

在辛德勒的內心深處，那是一種不忍之心。

同樣是人類，為什麼可以對自己的同類做出這樣的事？

設身處地地想想，如果換成我被關在那密不通風的車廂裡，擔心著未來、擔心著分散的親人的安危，是怎麼樣的心情？

辛德勒用他的行動展現出來的是：人內心深處，最終、最底線，能夠相互連結、感受彼此的靈魂。哪怕有那麼多的民族主義偏見以及種族情仇，做為人的連結，使辛德勒不顧一切地拿起了水龍頭，對著即將被火車載往集中營的猶太人噴水沖水。

即使對於猶太人的命運無能為力，即使降溫的效果再短暫，這樣的作為，卻是同為人類最起碼、最退無可退的底限了。

霎時間，一種鋪天蓋地的「人道」精神把我完全震懾住了。

我的眼淚就那樣開始流下來，完全無可抑遏地流個不停，連我自己都被自己嚇到了。

事過之後，我慢慢理解到，我之所以會那麼受到震撼，實在是因為電影的內容，某個程度正好反映出了我內在對自己工作的無力感和挫折。

電影的情節，把我從自己與病人的關係，連結到辛德勒與猶太人的關係。辛德勒的人道精神，讓我進一步看見了自己的懦弱，也給了我全然不同的啟發。

我之所以流淚，一方面被辛德勒感動，另一方面也為自己的退縮感到難過。辛德勒的故事給了我一種啟發，讓我領悟到，哪怕我的病人不久於人世，我也應當竭盡一切地為他們緩解痛苦。

於是，從那時候起，再回到醫院面對我的病人時，我的內在世界開始有了一種新的力量。這個來自外在世界的連結，讓我發現了自己的處境，也讓我發現，面對人生，我其實是可以有不一樣選擇的。

帶著一百雙眼睛看世界

除了讓我們看見自己之外，人文藝術也帶著我們用他人的眼睛看見世界。法國作家普魯斯特（Marcel Proust）在《追憶似水年華》裡曾寫過一句很動人的話，他說：

> 真正的旅程只有一種，沐浴在青春之泉的方式也只有一種，不是探訪奇鄉異地，而是藉由別人的眼睛來看這世界——一百雙眼睛就有一百種天地。

為什麼在自己的旅程裡，還要藉由別人的目光來看這個世界呢？

因為自己的目光是有限的。因此，普魯斯特才會說一百雙眼睛，就有一百種天地。藉著外在的書籍、作品，別人的目光。我們對外在世界的認識，有了更深刻的可能。

這讓我想起最近讀到「澠池之會」的體會。

「澠池之會」說的是戰國時代秦王和趙王在澠池舉行外交會面，一起吃飯的故事。席間，秦王吃藺相如老闆趙王的豆腐，要趙王彈瑟給秦王聽。趙王一時失措，便彈了兩下。沒想到秦王讓史官記錄起來了。趙國的藺相如不甘老闆受辱，捧了個缽跪倒秦王面前，請秦王也敲缽。秦王不賞臉，藺相如就威脅秦王，五步之內，我可以殺死你（或自殺），搞得秦王無可奈何，只好也敲了幾下缽。藺相如也叫史官記錄，這才扳回了一城。

這個故事的傳統觀點是：因為藺相如的果斷和大智大勇，因此保全了趙國的顏面。

但最近我讀到的歷史卻記載：在這次澠池之會前，秦國正分兵二路，大舉伐楚。秦軍擊潰了楚國的主力，正利用這個時機乘勝擴大戰果，秦軍大部分主力此時也正陷在楚地戰場苦戰。因此，這頓外交飯基本上目的是為了安撫趙國的友好會盟，否則如果此時和趙國鬧翻，秦軍根本無力兩面開戰。只是秦王忍不住還是想開玩笑，戲弄一下趙王……

這個新的體會，讓我又有了新的樂趣：原來過去我們看到的，關於藺相如大智大勇的故事，只是事情的表象。透過了新的目光、新的觀點，我們發現表象底層還有更真實的真實。

也因為對這個真實的理解，我們和這個世界，就有了更深刻的連結。

也許你要問：膚淺、無憂無慮地過人生，難道不行嗎？

當然也可以，只是，膚淺，不代表可以免於無知。嬰兒時期開心的笑容固然很珍貴，如果到了成人時期對世界還是同樣的理解，那就不一定能夠那麼無憂無慮了。

這也就是說，年輕時的天真、純潔是好的，但如果人生是一場旅程的

話，到了一定的年紀，不展開探索、冒險是不行的。這些探索、冒險，當然會讓我們面臨許多選擇，甚至是更變得不再單純，但複雜本來就是人生的常態與必然。我們也只有在旅程中，經歷、累積了足夠的智慧之後，慢慢在複雜的人性中學會了豁達，在險惡中擁有了智慧，才能慢慢又回到某種無掛礙的天真。

因此，既然說人生是一場旅行了，帶著一雙目光看這世界，當然不如帶著一百雙、一千雙，甚至是更多的目光看世界。

與人類共同經驗連結

我曾經看過一部名為「與狼共舞」的電影。那是由凱文科斯納（Kevin Costner）自編自導的一部電影，故事敘述美國南北戰爭之後，戰爭英雄鄧巴因緣際會被派到西部邊疆鎮守。在這個遠離主流戰場的偏遠地帶，他意外地認識原住民部落蘇族人，並且培養出深厚的情感。當他用蘇族人友情、善良的價值觀重新看待世界時，他發現過去他所引以為傲的美國主流價值，原

來是充滿了侵略與掠奪的。這樣的目光，當然顛覆了他原有的價值，甚至改變了他的想法、行動，甚至改變了他的人生……

我當時看電影時，只覺得有趣，從沒想過會和我的人生有什麼關係。可是隨著我進入職場，變成了醫生、作家之後，許多的經驗都讓我發現，在我身處的環境中，不管是醫療、教育、媒體中許多的主流價值與想法，其實也需要反省的……

當然，這樣的反省也包括了我自己。

我們多少都曾經相信過，如果你能在競爭中贏過別人，你就能贏得更多的名氣、金錢和權力，贏得更多的名氣、金錢或權力，你的人生就會比別人更幸福。

（是吧，這是無所脫逃的主流價值與神話。）

然而隨著進入社會的時間越久，我慢慢發現，其實正是這樣的想法，讓每一個人變得更不自由、更不幸福……

對我來說，「與狼共舞」這部電影，某個程度，變成了我的人生旅程

的另外一雙眼睛，另外一個觀點。在我的人生面對迷惘的時刻，凱文科斯納所扮演的鄧巴這個角色，他的心情、反思，甚至是行動，對我來說，變成了另一種參照的對象。

我常在想，如果不是曾經有過像鄧巴那樣的角色，有那麼多「不務正業」的閱讀經驗、人文感動的記憶在我腦海裡，在我還沒有足夠的資源與自信前，我應該是不會有那麼大的勇氣，敢去衝撞那個本來安穩妥帖的一切，甚至後來選擇離開了醫師的工作，成為一個專職作家的。

是這些不同的目光以及它提供的更深刻的觀點，使我在面對我的外在世界時，很快就理解到問題的脈絡，以及我能有的選擇。

後來我在小說《危險心靈》中創造了謝政傑這個角色。

謝政傑在故事一開始時，是一個學業成績還算優秀，也遵從主流的學生。很意外的，他在一次上課中，因為看漫畫被老師罰在教室外面上課。這本來只是一件小事，但種種擦槍走火導致摩擦越變越大，捲入了家長、學校行政人員、媒體、政客……最後演變成了一場全面性的抗爭與爭辯。

謝政傑在我的筆下，從一個主流教育價值的追隨者，變成了一個主流教育價值的懷疑者。

讀書是為了學習，還是競爭呢？

我們受教育，到底是得到的更多，還是失去的多呢？

隨著一波又一波高潮的掀起，抗爭越來越不可收拾，在這個過程中，謝政傑認識了一群過去被認為是「壞」學生的朋友，在和他們交往以及一起抗爭的過程中，更多的熱情、真誠、關懷不斷湧現，這些都不停地顛覆了他原來的價值……

這個受到許多讀者喜愛的故事，後來被搬上了電視螢幕，又引起了更多人的討論，更多的呼應。

很久之後的有一天，我突然驚覺到，謝政傑的故事，其實正是「與狼共舞」這個故事的延伸。繼而再想下去，不論謝政傑的故事也好，「與狼共舞」的故事也好，他們對主流價值的懷疑，對於人生的選擇，不也正是我自己人生經歷的故事嗎？

就像神話學大師約瑟夫坎伯寫的：

（人的）主題永遠只有一個，我們所發現的是一個表面不斷變化卻十分一致的故事。其中的奧秘是我們永遠體驗不完的。

這也就是說，人生必須經歷的困境、疑惑、抉擇，從原始時代直到今天，很可能都是大同小異的。我們只是換成了不同的場景與對象，經歷著相同的挑戰與抉擇。

我從別人那裡，得到經驗與智慧，同樣的，也把我自己體會到的，再藉由故事傳給別人，和別人的生命連結。而與這個龐大、深刻的共同記憶與經驗，就是我所謂的人文。

追求人文，說穿了，也就是追求與這樣的記憶與經驗的連結。

這樣的連結，給了我們一種老靈魂般的智慧——一種關於人生尊嚴與開闊的智慧。讓我們明白地感受到，不管命運加諸於我們的是好是壞，我們

都並不是唯一經歷，或者是那個最孤獨、最無助、最驚慌失措的人。當外在的挑戰用同樣的面貌一再出現時，我們不但是我們自己，同時也是帶著曾經存在的那些共同的經驗、情感，和命運交手過無數次的所有人。

唯有成為這個龐大的深刻的一部分，我們有限的、渺小的生命才可能擁有那種從容不迫的氣度，優雅地選擇，不管發生了什麼，都能歡喜平和地承擔。

超越此時此刻的生命限制

在電影「心靈點滴」中，艾瑪湯普遜扮演的文學系女教授，在罹患癌症躺在醫院痛得不得了時，止痛藥對她來說幫忙已經不大了，她痛得哭起來了。

護士小姐問她：「妳需要冰棒嗎？」（冰棒對臟器性疼痛的確有緩解的效用。）

她點點頭。

護士為她拿來冰棒。

女教授在拿到冰棒一口一口吃著時，漸漸安靜了下來。

這個安靜寓意深遠。女教授想起她的人生曾經有過的美好，曾經有過的歡樂、想望……當她開始這樣想時，她不再只是被困在病痛中的這個肉體，而是一個自由的靈魂，一個帶著她活過的生命記憶的靈魂。

那些記憶中的美好經驗，用此時此刻的眼光來看，其實已經消失了。可是如果用更宏觀的目光來看，這些其實一直都存在的。

正因為只是此時此刻的人生太單薄了，因此我們都得具備超越「只是此時此刻」的目光，擁有一種鳥瞰自己生命的能力。非如此不行，因為只有擁有了那樣的超越和鳥瞰，我們才變得完整。

少了那樣的能力，生命只是被限制在此時此刻的牢籠中的囚犯，只有**當我們具備了鳥瞰自己生命的能力時，我們才得以逃脫我們的限制。**

我的外祖母在過世之前的最後幾年，是一個畏光、視力不好、而且行

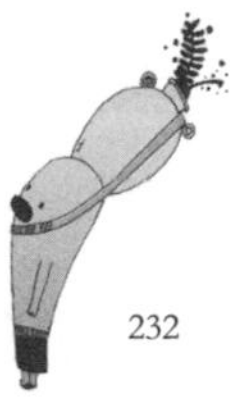

動不便的寡婦。她只能待在二樓的一個幽暗的小房間。每次去看她時，都有種感覺，覺得她的身體彷彿是被命運逼到了一個退無可退的角落。

可是不曉得為什麼，我的外祖母有一種說不上來的能量，吸引著我們不斷地想去看她。

她擁有七個女兒一個兒子，還有幾十個孫子。她全部的世界，就是關心孩子、孫子們的世界。雖然看不見，但是她能無誤差地分辨他們的聲音，記住每一個人的生活動態。每次去看外祖母，除了跟她說自己的近況外，少不了都要聽她轉播其他表兄弟、姐妹的近況。有時她也會告訴我們某個表哥最近心情不太好，指示我們有空去陪他吃頓飯，給他一些意見之類的事。

那時我一邊從事醫院工作、一邊攻讀博士學位，同時還要忙寫作、演講，常有種心力俱疲的感覺，但奇怪的是，每次看完外祖母離開時，就覺得自己充滿了能量。

當時我不明白，為什麼像我這樣一個身體健康、生命充滿可能的人，反而要從我的外祖母——一個生命被逼到死亡角落的老太太，得到能量？

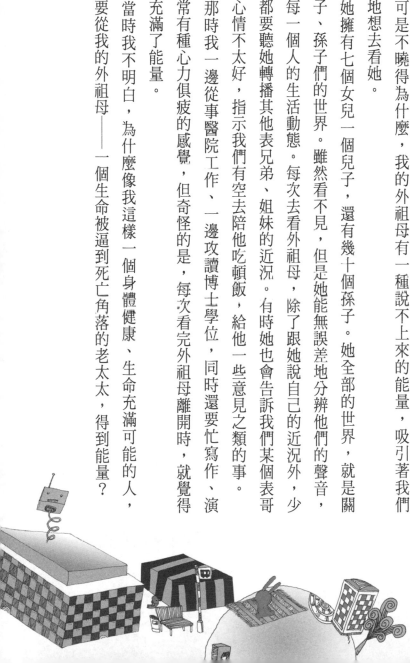

慢慢我理解到，我的外祖母只是身體被逼到了角落，可是她心裡的那個世界並沒有。

因為她的關愛，因此，那個關愛幫她連結了一整個熱鬧、豐富的世界。對她來說，只要她的孩子、孫子都存在，她也就存在了，只要她的孩子、孫子都好，她也就好了。

那樣的連結，給她的生命帶來了一種不可思議的超越，超越了她肉體、超越了所有此時此刻的生命限制。儘管病魔把她逼到生命的角落，但她心中仍然連結著一個美好、充滿愛與關懷的世界，在那個世界裡，有著她最心愛的人、最關心的人，她關心他們，而他們也愛她。

外祖母要離開我們時，她說：我累了。現在我要去找你們的外祖父了。

那時，她沒有恐懼，也沒有擔心。

從某個角度來說，我相信我的外祖母的世界，是一直跟那個最美的、最溫暖、最巨大的人文世界連接在一起的。天堂（或極樂世界）這樣的概

念，如果存在的話，我常常在想，應該就是我外祖母心中的那個世界吧。

因爲人文我們存在

奧地利著名的哲學家維根斯坦曾經問過一個很有趣的問題，他問：

「當一個人牙痛時，另一個人真的能夠感受到嗎？」

畢竟你的牙痛是你的，我的牙痛是我的，就算我有牙痛的經驗，我感受到的疼痛也是我自己，而不是你的。這問題就像莊子與惠子著名的辯論一樣。

惠子問莊子：你不是魚，怎麼知道魚快樂？

莊子反問：你又不是我，怎麼知道我不知道魚快樂？

不管是惠子還是莊子，沒有人能知道，對方知不知道魚快不快樂的。

這構成了當我們說：「連結」或「感同身受」時最有趣的矛盾——根據維根斯坦的看法，他認為我們只能從觀察別人的行為中，推測出對於其行為的內在經驗，卻不可能「真正」地感受到別人。

從理性的角度來說，人生下來就是孤獨的，我們所有的經驗、內在的情感，都只有我們自己能夠真正感受到——無論我們怎麼努力，真正連結別的心靈都是不可能的。我們每個人，都像是生活在自己身體裡面，彼此相互隔絕的人，我們儘管聽得見對方的聲音，彼此卻無法真正碰觸別人的心靈。

但無法用理性證明的，果真就代表它真的不存在嗎？

有個童話講了一個關於王子的故事。這個王子之所以存在是因為有人記得他、還愛他、想念他，如果有一天，不再有人愛他、想念他，這個王子也就消失、不存在了。

從某個角度來說，人文講的就是這樣的一個關於存在的故事。

在有限的物質世界裡的我們，一旦死亡了，生命也就消失了。可是在那個王子的世界裡面，**只要我們還記得住彼此的故事、情感，只要我們還被**

彼此感動，我們就能夠相互連結，繼續存活下去。

從某個角度來說，我們都是那個王子，那個王子也是我們之中的任何一個人。

因為人文，我們連結在一起。也因為連結在一起，我們超越了有限的自己，生命變得更真實、巨大。

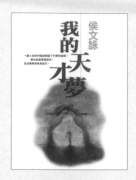

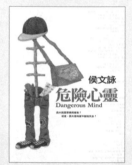

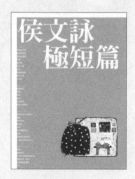